JN227465

LOVE NOTE

妃川　螢

Hotaru Himekawa

ILLUSTRATION
あさとえいり

Eiri Asato

ARLES NOVELS

この物語はフィクションであり、実在の人物・団体・事件等とは、いっさい関係ありません。

Contents

LOVE NOTE

この想いが、怖くなるときがある。
深すぎて……でも、何ものにも替え難い――情熱。

プロローグ

「この曲、なんで『ホワイト・サファイア』っていうの？」

京介《きょうすけ》の部屋で……もっと詳しく言えば、情事後の寝乱れたベッドの上で、和音《かずね》は手書きの譜面を眺めながら、そこに記されたタイトルに首を傾《かし》げた。

サファイアというと、あまり宝石に詳しくない和音には、あの濃いブルーの石しか思いつかない。透明な石が存在するのか、それとも造語？

「サファイアは、色数の多い貴石《きせき》なんだ」

ダイヤモンド、ルビー、サファイア、エメラルド。希少性《きしょうせい》が高く、高価な宝石を貴石と呼ぶ。

ルビーもサファイアも同じ鉱石《コランダム》の仲間だが、含まれるクロムという物質の比率によって色に違いが出るのだ。一パーセント程度なら赤色となりルビーと呼ばれ、〇・一パーセントになるとピンクになり、ルビーではなくピンク・サファイアと呼ばれることになる。

一般的に、九月の誕生石として知られるサファイアに込められる意味としてよく目にする言葉は、「慈愛」「誠実」「徳望」だが……、

「色によって、石に込められる意味が違ってくる」

京介の腕枕に抱かれながら説明に耳を傾けていた和音の表情が、しだいに不機嫌になっていく。天井に視線を向け、和音の髪を弄《いじ》っていた京介は、和音の変化に気づかないまま蘊蓄《うんちく》を並べ終わって、反応がないことに気づいて言葉を切ったときには、腕のなか、和音は背を向けていた。

「和音？」

手にした楽譜をじっと眺めながら、それでもまとう空気が怒っている。

自分は訊《き》かれたことに答えていただけなのに、なぜ和音が不機嫌になってしまったのかわからず、京介は腕のなかの華奢《きゃしゃ》な身体を抱き寄せた。

「和……」

「詳しいんだね」

「……？」

「なんでそんなことよく知ってるの？」

ジュエリー《宝飾品》とアクセサリーは別物だ。シルバー製のリングやピアス、チェーンなどのアクセサリー類ならともかく、ジュエリーを身につける男性は、一般的にはあまりいないはず。

和音は、宝石のことなんて、全然知らない。

ジュエリー――特に石に興味があるのは女性だけだと、和音は思っているのだ。男がジュエリー類に詳しい理由として思いつくのなんて、「それだけ贈る相手がいるから」くらいしか思い当たらない。

拗《す》ねた声で訴えながら、シーツをぎゅっと握り締める。そんな和音の反応が可愛くて、京介は薄い肩を摑んで身体を反転させると、への字に結ばれた唇を塞《ふさ》いだ。

「……っ、ん…ぁ……」

つい先ほどまで快感に喘《あえ》いでいた唇は、甘くて熱い。

「運命の出会い」

「……え？」

唇に直接告げられた言葉に、和音が訝るように瞼《まぶた》を開ける。

「ホワイト・サファイアの宝石言葉」

「宝石言葉？」

「天然の鉱石には、力がある」

パワーストーンという意味だろうか？　相変わらず大切なことになると口数が減ってしまう京介の言うことだから、よくわからない。

恥ずかしくなるほど情熱的な歌詞《うた》を歌うくせに、いざ言葉のやりとりとなると、男は途端に不器用になる。

日常会話はともかく、恋愛に関しては、それまで相手に困ったことなどなく、自らなんらかの意思表示をする必要のなかった男は、和音と出会ってはじめて、秘めた想いを口にすることを学んだらしい。

そうはいっても、急に饒舌《じょうぜつ》になれるはずもなく……結果、和音を不安にさせて慌《あわ》てる場面もまだ多いのだが……。

「はじめて会った日にそう思った」

ふたりの出会いは――京介が一方的に和音を見初《みそ》めたというものだが――十年ほど前のこと。和音が一位を獲ったピアノコンクール。ラフマニノフを弾いた和音の〝天使の音色〟に、京介は心奪われた。

ずっと忘れられなかった音色。

そして、その音を奏でていた存在。

偶然の再会に、溢《あふ》れる想いは止められず、半ば強引にその肉体を手に入れた。

求められた側の和音は何がなんだかわからなくて……でも、向けられる熱すぎる想いに焼かれるように、和音もまた、その存在に、そして男の創り出すサウンドに惹《ひ》かれて……気づけば離れられなくなっていたのだ。

寡黙な恋人は、言葉のかわりに歌を贈ってくれる。

拙《つたな》い言葉を補うために、いつもの寡黙ぶりが嘘《うそ》のように、滔々《とうとう》と愛の歌を歌ってくれる。

溢れるほどの想いを、熱い言葉で情熱的なメロディーにのせて、和音のためだけに歌ってくれるのだ。

ということは……、

「この曲……」

相も変わらず、和音へのラヴソングらしい。

楽譜に書き込まれた歌詞は……やっぱりいつもどおりひじょ～に情熱的で……。

今一度それを読み返しているうちに、拗《す》ねて怒っていたはずの和音は、どうしようもない恥ずかしさに、今度は困った顔になってしまった。

「これって、シングル・カットしないよね？」

「……？　アルバムの最後に入れるつもりだが……」

その言葉に、和音がホッと胸を撫《な》で下《お》ろす。

どのみち世に出すことになるのだからどちらでも変わらないのかもしれないが、アルバムのなかの一曲とシングル曲とではメディアの扱いが違うから、和音にとっては大問題。

曲を贈ってくれること自体は嬉《うれ》しいことなのだが、音楽番組出演のたびにカメラを睨《にら》むような熱い視線でこの曲を歌われたら、正直たまったものではない。テレビ画面に京介のあんな熱い眼差しがアップで映し出されるなんて……恥ずかしくて、部屋中駆けずり回ってしまいそうだ。

そうでなくても、街のいたるところから、京介の声が聴こえてくるというのに。わざわざCDを流さなくても、京介の歌声を聴かない日はないというのに。

恋人に宝石を贈ることには、やはり特別な意味がある。

なんらかのきっかけでホワイト・サファイアの宝石言葉を知って、京介は、本当は宝石そのものを贈りたいと思ったのだろう。だが、男同士だと、ジュエリーを身につけることはなかなか難しい。特に石ものは。

だから、曲を贈る。その狂おしいほどの想いを込めて。

「綺麗《きれい》なバラードだね」

本物《宝石》のかわりにそれ以上のもの《愛の歌》を贈られて、嬉しくないわけがない。

何より、「運命の出会い」なんて恥ずかしいセリフを臆面《おくめん》もなく口にしてしまう男が、愛しくてたまらない。

和音の言葉に応えるように、京介がまだ未完成の曲を口ずさみはじめる。

マイクを通して聴くのとは違う、少し低めの掠《かす》れた声。その声が、たまらなく男の色香を感じさせる。

艶《つや》めいた声に煽《あお》られて、和音の肌が温度を上げはじめる。それに気づいた京介が、クスッと食えない笑みを浮かべた。

「愛してる」

今夜もう何度目かもわからない愛の言葉とともに、やはり何度目かわからない口づけが落とされる。

それに精いっぱい応えながら、和音はともすれば持て余し気味な恋人の愛情に、このときばかりはどっぷりと浸《つ》かっていった。

Op.1

取材される側のミュージシャンと、取材する側の編集者の恋愛は、リスクが大きい。

それでも感情は止めようがないから、理想と現実の間で、折り合いをつけていくしかない。

将来を嘱望されたピアニストの卵だった和音は、左腕の怪我によってその道を断たれ、音楽雑誌の編集者になった。

そこで、当時まだ無名の新人ミュージシャンだった京介に出会った。

互いの音に惹かれ、存在に惹かれた。

音楽が結んだ想い。

京介の愛情が、一度は断念した音楽《プロ》の道へ、和音を引き戻した。

音楽雑誌編集者として多忙を極める一方で、和音は「KAZUNE」として、京介の楽曲のアレンジなどを手伝い、アルバムに収録するために演奏もした。

その曲が、ブレイク後の京介の足場を確固たるものに押し上げたことは数字の上でも明らかで、和音は少しずつだが自信を取り戻すことができた。

はじめは、京介のためだけに弾ければそれでいいと思っていた。錆《さ》びついてしまった指のリハ

1

ビリは容易ではない。プロのピアニストとして再び戦線復帰するのは、言葉で言うほど容易《たやす》いことではないのだ。

だが、やがてそれではいけないと思いはじめた。

京介の愛情に導かれて、諦《あきら》めていたものに再び手を伸ばす勇気を持つことができた。でも、そこで満足しているようでは、もう一度やる意味がない。

最終的な目標は、演奏——ピアニストだ。

アレンジャーでもスタジオミュージシャンでもない。

そのために、再びレッスンにも通いはじめた。

困難であることはわかっていて、それでも踏み出した一歩。二足《にそく》の草鞋《わらじ》……なんて言葉で言い表せないほど、最近の和音は多忙だ。

一方京介も、今や日本を代表するミュージシャンとして多忙を極め、今現在も全国ツアーの真っ最中。

その冠《かんむり》となっているアルバムは、チャート初登場一位を獲得後、三週にわたってその順位を守りつづけ、あっという間にミリオンセラーを達成した。不況に喘ぐ音楽業界で、単発ヒットを除けば、ミリオンを出せるアーティストなど、今や京介くらいのものだ。

その音楽性は広く認知され、一般リスナーはもちろん、専門家の評価も高く、何より業界内人気は半端ではない。

ファン層は、女性中心に思われがちだが、実際には男性ファンが四割を占《し》める。特に音楽を志《こころざ》す若者たちにとっては、すでにカリスマ的存在だ。

デビューからのわずかな間に、京介はその地位を不動のものにしてしまった。揺るぎない才能と、それまで積み重ねてきたたゆまぬ努力の賜物《たまもの》だ。

和音にだけ見せるやさしい表情と、一変、ステージ上では絶対的な存在感を見せつける。

それが、愷《かい》京介。

音楽雑誌『Ｊ－ｈｉｔｓ』編集者、杉浦《すぎうら》和音の恋人だ。


そして今現在、和音は、ライヴ会場の二階最前列――プレス席から、ステージで歌う恋人の姿を、編集者として見つめている。

仕事は仕事、プライベートはプライベート。

割り切って頭を切り替えられなければ、プロではない。

この仕事に就いた当初は、戸惑うことも多く、頭の切り替えに悩んだ和音だったが、それも徐々に克服できている。もちろんまだ完璧にとはいかないけれど、こうして意識してステージを観ることができるようになっただけでも、成長したと言えるだろう。

「売れるだろうと思ってはいたけど、ここまでとは想像していなかったな」

アンコールを求める観客の声に掻《か》き消《け》されがちな呟《つぶや》きがすぐ隣から届いて、和音は口許を綻《ほころ》ばせ、男に視線を向けた。

「蓮沼《はすぬま》さんの予測が外《はず》れることなんてあるんですか？」

和音の突っ込みにひょいっと肩を竦《すく》めてみせたのは、業界ナンバーワンの売り上げを誇る音楽雑誌『Ｖｉｓｕａｌ Ｄａｔｅ』の編集長という肩書を持つ男だ。

蓮沼のひと言がミュージシャンの将来を左右するとまで言われるほど、この業界での発言力は計り知れない。そんな男が、京介の初ツアー初日のステージを観て言った言葉を、和音は今でもはっきりと覚えている。

――『彼は売れるよ』

その言葉どおり、京介は瞬く間にトップアーティストの仲間入りを果たした。

初ツアーは、片手の数ほどのライヴハウス公演だった。それが今や、両手両足では足りない数のホールツアーと主要都市でのアリーナ公演。来年にはドームツアーも予定されている。瞬く間に階段を駆け上り、頂点に立ったのだ。

ファンの熱烈なアンコールに応えて、サポートメンバーがステージに姿を現す。それから、ひときわ歓声が大きくなって、京介がマイクスタンドの前に立った。

短いあいさつとメンバー紹介。

いつもどおり愛想のないＭＣだが、それが京介のキャラだから、文句を言うようなファンはいない。

京介の口から発せられた「新曲」という言葉に、会場がワッと湧《わ》き立つ。それに和音が反応するより早く、電子《エレ》ピアノ独特の煌《きらめ》くようなピアノの音色が流れはじめて、和音は大きな瞳をさらに大きく見開いた。

──……うそぉ。

「おや？　新曲かい？」

このイントロは──『ホワイト・サファイア』

和音が確認したのは、シングル・カットするか否かだけ。たしかに京介は、ステージで歌わないとは言わなかった。でもあのとき、ツアーのリハーサルはすでにはじまっていたはずで……。

──歌うなら歌うって、言ってくれればいいのにっ。

いつものことじゃないかという突っ込みがどこからか聞こえてこないでもなかったが、和音はひっそりと毒づいて、赤面した顔を伏せた。

持て余すほどの愛情を注いでくれる恋人の、唯一の──実際にはひとつふたつどころではないのだが──困った部分というのが……。

紡《つむ》がれはじめた歌詞を数小節ほど聴いて、隣の蓮沼が肩を揺らして笑いはじめる。

「は、蓮沼さんっ」

バラードだから、大きな声も出せなくて、必死にお腹《なか》を抱えて笑いをこらえる蓮沼を、小声で嗜《たしな》めた。

「相変わらず……熱いね、彼は」

滔々と紡がれるのは、知るものが聴けば、そうとすぐにわかってしまうほど情熱的なラヴソング。

ステージ中央でスポットライトを浴びる男の瞳が映すのは、たったひとり。

その熱い視線の注がれる先にいるのは、ただひとり。

この広い広いコンサート会場に詰めかけた一万ものファンの姿さえ目に入らないとばかり、男はただひとりのためだけに情熱的な歌詞《うた》を歌うのだ。

和音のためだけに。

「運命…か。情熱的だねぇ」

蓮沼のクスクス笑いは止まらない。目尻に涙まで浮かべて笑われてしまっては、嗜める言葉も見つからない。

蓮沼は、ふたりの関係を知る数少ない人間のうちのひとりだ。

業界歴も長く、人生経験も豊富な蓮沼は、編集者としてはもちろんひとりの人間としても和音にとっては大先輩で、教えられることも多い。

「僕には到底真似できないなぁ」

「蓮沼さんっ」

揶揄《からか》う言葉に、頬《ほお》にさらなる朱が差す。和音に京介という存在がいることを知りながら飄々《ひょうひょう》と口説《くど》いてきた蓮沼に、波風を立てられかけたのは、まだそれほど古い話ではない。

そのとき、ふたりの社会的立場を考え、そのリスクを説《と》いた蓮沼に、和音はそれでも京介とともに在《あ》りたいのだと訴えた。そんな和音に彼は言ってくれたのだ。

ふたりなら、互いに高め合っていけるに違いない……と。

だから今、和音は編集者として、この場にいられる。

私情を挟むことなく、京介のステージを観ることができる……ようになってきた。

「僕は君の覚悟を試したつもりだったんだけど、彼のほうにこそもっと言い含めるべきだったかな」

京介が書くラヴソングは、すべて和音に宛《あ》てたもの。

そこには、架空の女性像とか、いつも自分を応援してくれるファンの女の子たちとか、和音以外の存在など微塵《みじん》も入る隙間《すきま》はない。

呆《あき》れるほど情熱的に——ある意味、赤裸々《せきらら》に——和音への愛を歌ってくれるのだから、真相を知っている第三者である蓮沼にしてみれば、和音以上にたまったものではないだろう。苦笑いも零れるというものだ。

「……すみません」

以前蓮沼に忠告されたこともあって、仕事で愷京介というミュージシャンにかかわるとき、和音は、私情を挟まないように気をつけている。一編集者としての目で、商材として冷静な判断を下せるように心がけている。

ところが一方の京介は、ふたりの関係を知っている存在がごく少数であるのをいいことに、和音のためだけに歌っているのだ。

「でもまぁ、アーティストというのはエキセントリックなものだから……一般論には当て嵌《は》められないってことかな」

「そう……ですね」

チクッと胸が痛んだ気がして、和音は胸の上、ぎゅっとシャツを摑《つか》む。

耳に届く愛の歌と、胸の奥にいつの間にか巣食いはじめた棘《とげ》の存在。相容《あいい》れないふたつに、胸がきゅっと軋《きし》んだ気がした。

——……っ。

あってはならない痛みの存在に、気づかされる。

——どうしてこんな……。

「杉浦くん？」

呼ばれて、ハッと顔を上げる。

「恥ずかしいのはわかるけど、ステージ観てなきゃダメだよ」

ウインクつきで揶揄うように微笑まれて、和音も表情を繕《つくろ》い、ニッコリと返す。

ステージに視線を戻せば、そこにはトップに君臨する男の姿。

自分がまっすぐ辿《たど》り着けなかった場所に、恋人は立っている。

胸の奥で、チクリと痛みを訴える棘の存在。それに気づいたのは、まだ最近のこと。

愛されている。

愛している。

恋人でいる瞬間には感じない小さな棘の存在を、皮肉なことにも、編集者として冷静な目を持ったときに感じるなんて……。

一度は閉ざされた……いや、自身の手で閉ざしてしまった扉を開けてくれたのは、京介。京介の愛情に支えられて、和音は再び夢を追いはじめた。

京介の存在がなければ、和音は今でもすべてを諦めたまま、胸の奥に棄《す》てきれない痛みを抱えて毎日を過ごしていたことだろう。

だが、今和音の胸を襲っている痛みは、それとは別種のものだ。

将来を嘱望されたピアニストの卵だった和音が、左腕の怪我によってその道を諦めたのは大学一年のとき。新卒で出版社に入社してすぐ、京介に出会った。

出会って、半ば強引にその腕に抱かれて、恋愛に疎《うと》い和音は京介の心が見えなくて、いっぱいいっぱい泣いた。泣いて泣いて……自分も京介を愛しているのだと気がついて……そんな和音に、京介が贈ってくれた愛の歌――『Ｌｏｖｅ Ｍｅｌｏｄｙ』。

その曲が、和音に……和音の指に、和音だけが持つ〝天使の音色〟の存在を、再確認させてくれた。

取り戻せたわけではない。

再び、スタートラインに立つことができただけのこと。

ずっとピアノから離れることはなかったものの、本格的なレッスンから遠ざかっていた指は鈍《にぶ》っていて、失われたテクニックは容易には戻らない。

テクニックだけではない。精神力も集中力も、表現者としての何もかもが鈍ってしまっている。

演奏という芸術作品を生み出すためには、並々ならぬパワーが必要だ。

つい先日も、再びレッスンに通いはじめたかつての師匠に、レッスンに身が入っていないと叱《しか》られたばかりだ。


もう一度やろうと決めて、かつての師匠の門戸を再び叩《たた》いたのは少し前のこと。

数年ぶりの訪問という恩知らずな弟子を、師匠は目に涙さえ浮かべて自宅に招き入れてくれた。

『ひさしぶりね。また会えて嬉しいわ』

『ご無沙汰《ぶさた》、してました。申し訳ありません——師匠《せんせい》』

すっと迷いのない瞳を上げて、師匠の目を見て、ハッキリと口にした。

『師匠』……と。

『私をそう呼んでくれるってことは、戻ってくる気になったということね？』

『……はい』

できるところまで。

やれるところまで、もう一度やってみようと決めて、その一歩を踏み出すために、師匠のもとを訪れた。

自分をライバルだと言ってくれる男と、いつか同じステージに立つために。

自分を一生のパートナーだと言ってくれる存在に、恥じない人間になるために。

『昔のようには弾けないかもしれませんけど』

でも、もう逃げない。逃げたくない。

そう思った。

一度は背を向けたピアノと、もう一度向き合ってみようと決めた。

直視できなくて、受け入れられなくて逃げた現実を、見つめ直してみようと決めた。

取り戻すことが目的ではない。

立ち尽くしていた場所から踏み出すこと。

たとえ一歩ずつでも着実に、歩みを進めて行くこと。

求めるものを、常に瞳に映しつづけること。

『もう逃げたくないんです』

一度は目を背けた、さまざまなものから。

和音の言葉に大きく頷《うなず》いて、師匠は和音をレッスン室へ招き入れてくれた。懐かしい匂《にお》いと、指に馴染《なじ》んだ鍵盤《けんばん》。

『私で助けになるのならなんだってしてあげるわ。でも、妥協はしないわよ。覚悟してね』

昔と変わらぬ厳しい顔で、大学に入る前から師事していた講師は言う。

彼女も、和音がピアノを棄てたときに、その才能が埋《う》もれてしまうのを酷《ひど》く惜しんでくれた、多くの人のなかのひとりだった。

独学でやるには限界がある。

だから、再び門を叩いた。

それは、覚悟の表れ。

もう逃げないと誓った、決意の深さの表れ。

一度は動かなくなった指に、再び〝音〟を取り戻すために。

自力でなんとかなるような、そんな甘い状況ではないと思ったから。

覚悟を決めて、もう一度……と決めたのは自分。

簡単ではないと、わかっていた。……はずだった。けれど……。


客電が点《つ》いて、現実世界へと引き戻される。

薄暗かったコンサート会場内が昼間のように明るくなって、場内アナウンスとともに、帰途に着く客のざわめきが鼓膜を震わせはじめた。

数度の瞬き。

見れば、ステージ上ではすでに撤収がはじまっている。

――まただ……。

ついつい京介の音の世界に引き込まれてしまっていたことに気づいて、和音は小さな溜息《ためいき》をついた。仕事とプライベートはきっちり分けているつもりなのだが、それでも、ともすれば自分が編集者であることを忘れて、一ファンの耳で聴き入ってしまう瞬間がある。

——ダメだな、俺。

編集者としては、まだまだ半人前。

ピアニストとしては……いったいいつになったら、「ピアニスト」という肩書を背負えるようになるのだろう。

道のりは長く、ゴールは果てしなく遠い。

そのゴールでさえ、演奏家としては、スタート地点にすぎないのだ。

遣《や》り甲斐《がい》のある仕事と、やさしい恋人。

恵まれた環境で、一度は諦めた夢を再び追うことができている現状。

満たされているはずの己の置かれた環境が、和音の胸に生まれた小さな棘の要因だ。

和音は京介のことを、恋人として愛してるだけではなく、ひとりの音楽家として尊敬もしている。けれど同時に、自分自身ジャンルは違えど音楽を志す者として、感じずにはいられない感情を抱いていることも間違いのない事実で……。

恋人の愛情《歌声》に包まれていた余韻と、裏腹の溜息。

それを胸の奥に押し込めて、和音は編集者の顔をつくる。

自分が今ここにいる理由を己に言い聞かせるように、ジャケットのポケットの上に貼り付けたバックステージパスを、ぎゅっと握り締めた。

ライヴ後、プレス関係者のひとりとして打ち上げに参加して、マネジャーやスタッフ、一緒に取材に入っていたライターやカメラマンにあいさつをして、和音は会場をあとにした。

その足で京介のマンションに向かい、少し遅れて帰ってくる男を待つ。

約束をしたわけではない。いつものこと。いつの間にか、そういう決まりになっていた。

プレス関係者を招いての打ち上げのあとには、身内と言えるスタッフたちとの内輪の打ち上げがある。京介の帰りが遅くなるのはわかっているから、先にシャワーを浴びて、持ち帰った仕事を広げながら、和音は男の帰りを待つのだ。


深夜。

帰宅した京介に玄関先で抱き締められて、欲情を焚《た》きつけるような濃厚な口づけ。

これも、いつものこと。

すぐに身体の奥に火が灯りそうになって、慌てて京介をバスルームに押し込むのも……他愛ないじゃれ合いは、「ただいま」「おかえり」の延長のようなものだ。

それでも、この先に待つ濃密な行為への期待に肌を染めながら、ベッドの上、男を待つ時間にはなかなか慣れることができなくて、いつもそわそわしてしまう。

そうして、手持ち無沙汰を紛らわすようにテーブルに広げた書類を片付けていたとき、携帯がメールの着信を知らせて短く鳴った。

パソコン宛に届いたメールが、転送されてきている。送信者アドレスを見て、和音は頬を緩《ゆる》ませた。

メールの送り主は鈴音《すずね》。和音の、双子の妹だ。

ウィーンの音楽院に留学中の鈴音は、ディプロマコースに籍を置く一方で実力派ヴァイオリニストとして注目を集め、少し前に日本デビューも果たした。海外の著名な音楽コンクールでも入賞を果たしていて、年末には有名フィルとの共演も決まっている。才能溢れる音楽家だ。

ふたりの間には、双子特有のシンパシーのようなものが存在する。

遠く海を隔《へだ》てていても互いの感情の起伏が伝わってしまうほどの絆《きずな》で結ばれた双子は、毎日のようにメールのやりとりをしている、仲良し兄妹なのだ。

オーストリアとの時差は八時間。向こうは夕方。ちょうどレッスンが終わったところらしい。

楽しげに語られる日常。

コンサートのために新しい曲に取り組んでいること。

教授の紹介で、世界的に名高い指揮者と話をする機会を持てたこと。

うまく話が進めば、ヨーロッパツアーが組めるかもしれないこと。

……etc．……etc．……。

言葉の端々から、鈴音の充実した日常と、音楽家としての自信、そして開かれた未来が感じられる。

以前は、純粋に喜びを分かち合っていた。

けれど今は……、

――ダメだ。

負に傾《かたむ》きかける感情を、なんとか立て直す。

鈴音には、伝わってしまう。

細かな内容まではわからなくても、今現在、和音がままならない感情を抱いて苦しんでいることは、わかってしまう。

鈴音に相談できるような内容ならいい。

気丈《きじょう》な妹は、いつでも気弱な兄を勇気づけてくれる頼もしい存在だ。

けれど今自分が抱えているものは、とても口にできるような内容ではない。

「情けないな」

実の妹にまで、こんな感情を抱いてしまうなんて……。

ますます滅入《めい》りそうになる感情と戦いながら、和音は携帯を閉じる。そのとき、

「鈴音ちゃんから？」

耳元で囁《ささや》かれて、驚いた和音は、ビクリと肩を揺らした拍子に携帯を取り落としてしまった。

「京介っ、もう…っ、足音くらいさせてよっ」

自分が気づかなかっただけなのだが、焦るあまりつい意味不明なことを言ってしまった。

「相談事か？」

「そうじゃないけど……」

どうして？　と問いかけようとして、その必要もないかと思い直す。

京介がバスルームから出てきたことにも気づけなかったほど、和音はメールに気を取られていた。しかもその相手は鈴音で、和音がそれほど考え込むような内容となると、仕事かプライベートかはわからないが鈴音から相談事でも持ちかけられたのだろうと考え至ったのだろう。

京介のこういうところにも、和音はもうすっかり慣れてしまった。

寡黙な……といえば聞こえはいいけれど、言葉少ない京介は、起承転結の「結」の部分しか口にしなかったり、かと思えば和音への愛の言葉だけは滔々と溢れ出る泉のように語りはじめたり……そんな京介とすんなりコミュニケーションを取れる人間はかなり限られている。

はじめは戸惑うことも、意志の疎通を図《はか》れなくて悩んだこともあったけれど、今はもう京介が言葉を紡ぐ前に言おうとすることがわかって、慌てて止めることさえあるほどだ。特にふたりきりのときには。

黒く艶やかな髪から雫《しずく》が滴《したた》っていることに気づいて、和音は京介の首から下げられたタオルを取る。

「ちゃんと拭《ふ》かなきゃ。風邪ひいたらどうするんだよ」

ヴォーカリストにとって、身体は楽器のようなものだ。きちんと手入れをして、常に最高の状態に整えておかなくてはならない。

風邪をひいて喉を痛めたりしたらどうするのかと、和音はいつも心配するのだが、豪胆なのか天才肌なのか（たぶん両方だろうが）京介は無頓着で、世話が焼けるったらない。

まるで子どものように和音に髪を拭いてもらいながら、京介が和音の腰を抱き寄せる。

男の甘える仕種に気を取られていた和音は、引き寄せられるまま、男の膝《ひざ》に乗り上げてしまった。

「ちょ……っ、もうっ」

タオルをソファに放り出し、まだしっとりと濡《ぬ》れた髪に指を滑らせる。

和音の首筋に甘えるように鼻先を埋め、力強い腕が華奢な背を抱き寄せてくる。

じゃれつくように鎖骨を啄ばまれて、和音は濡れた吐息を零した。

「……んっ」

肌が熱い。

布越しに感じる男の手も。

見つめ合って、唇が重なりかけたとき、

「和音……」

それは、睦言《むつごと》ではないとわかる、呼びかけ。

どうしたのかと首を傾げて、つづく言葉を待つものの、ただじっと熱い眼差しが注がれるだけ。

その瞳の奥に、見慣れない色を感じて、和音は長い睫《まつげ》を瞬《また》かせた。

「京介？」

「……いや、なんでもない」

わずかに口角を上げて、口許に笑《え》みを浮かべる。

和音にだけ見せる、やさしい表情。

一瞬、自分の抱く負の感情に気づかれたのだろうかと、内心焦りを覚えた和音だったが、京介のその表情に、すぐさまその疑念は払拭《ふっしょく》された。

誘われるように顔を寄せて、今度こそ唇を重ね合わせる。

啄《つい》ばんで離れるだけのキスが数度繰り返されて、おもむろに逞《たくま》しい腕に抱き上げられた。

無言のままベッドに運ばれて、そっと横たえられる。

重なってくる、すでに慣れた重み。熱い身体。

情熱的な口づけと、繊細ななかにも荒々しさを残した愛撫《あいぶ》。

汗ばんだ肌が触れ合う感触に、羞恥《しゅうち》を伴って湧き起こる喜悦が、和音の思考を蕩《とろ》かせていく。

湯上がりの素肌にまとっていたのは、京介のパジャマの上着だけ。

恥ずかしさに慣れることはできないけれど、疲れて帰ってくる恋人を労《ねぎら》うために望まれるまま従っていた、これもやっぱりいつものこと。

その、数個ボタンがかけられただけの布を男の手に手際よくはだけられて、今さらのように羞恥が襲う。

徐々に徐々に朱に染まっていく肌にじっと注がれる眼差しに欲情が煌くのが見えて、和音は身体の芯《しん》を駆け上ってくる熱いものに背を震わせた。

「京…介……っ」

掠れた声で呼ぶと、男の熱い身体が重なってくる。

「あぁ……っ」

満足げな吐息が零れる。その厭《いや》らしさに、眩暈《めまい》がした。

広い背に縋《すが》って、与えられる快楽を享受する。

何もかも、京介に教えられた肉体は、男の望むままに乱れて、逞しい腕のなか、甘い声を上げつづけた。

2

　和音が担当する音楽雑誌『Ｊ－ｈｉｔｓ』は、同ジャンルの雑誌のなかでは新規参入組に位置する。前任の佐野《さの》女史が、数ある音楽雑誌の隙間を縫う編集方針を打ち立てて、創刊したのがはじまりだ。

　音大のピアノ科を出て、演奏家としての未来は閉ざされてしまったものの、少しでも音楽にかかわる仕事に就きたいと、音楽雑誌や専門書を手がける出版社に就職した和音だったが、よもやまったく畑違いのＪ－ＰＯＰ・Ｊ－ＲＯＣＫを扱う雑誌の編集部に配属されるなんて、考えてもみないことだった。幼いころからクラシックの世界にどっぷりと浸かって育った和音にとって、いわゆる「邦楽」とジャンル分けされる音楽は、まったく未知の世界だったのだ。

　それでも、「わからない」なんて言っていられないほど忙しいのが編集の現場。

　毎日が勉強で、毎日が戦いだった。

　目の前にあるものをこなすのに必死で、はじめは振り回されるばかりだった仕事に遣り甲斐を感じはじめたのは、まだ最近のこと。

　和音に仕事を引き継いで、佐野女史が産休に入ったため、自分がやらなければ何も動かない状況に追い込まれて、やっと編集という仕事が見えはじめた。

蓮沼から学ぶことも多かったし、何より、京介に出会うことができたのは、一度はピアノを棄て、出版社に就職したからこそ。

運命の悪戯《いたずら》としか言いようのない偶然が重なって、和音は今こうして編集の仕事をしている。京介と深い絆で結ばれる運命にあったのだとすれば、一度は棄てた音楽の道を歩みはじめることができているのもまた、天の配剤だったのかもしれない。

不満などないはずの状況で、ひとつ問題点を挙げるとすれば、それは「忙しすぎる」ということだ。

京介から頼まれるアレンジの仕事も、京介のサウンドを愛しているがゆえに、一切の妥協は許されない。京介と和音の関係が周囲にばれる危険性を考慮してKAZUNEの正体を明かしていないから、編集の仕事との調整は、和音自身にどれだけ無理が利くかという問題になってくる。

だから、練習やレッスンに充分な時間が取れない。

編集の仕事と、錆びついてしまった腕を取り戻すためのレッスンと、水面下で動く、音楽家としての仕事。

正直、疲れが溜《た》まりはじめていた。

そのせいもあるのかもしれない。

ここのところずっと和音を悩ませている、負の感情を抱いてしまった理由《わけ》。

蓄積される疲れに呼応するように、感情はネガティブになりがちだ。肉体の疲労は、感情の疲労をも招く。

「そういえば……」

ふいに先夜のことが思い出された。

──『和音……』

もの言いたげな呼びかけだったように感じたのは、和音の気のせいだろうか。

あのとき京介は、何を言おうとしたのだろう。

言葉数少ない京介だけれど、言い淀《よど》むということはあまりない。いったん口を開けば、意外と饒舌に言葉を紡ぐタイプだ。

その京介が、言いかけた言葉を呑《の》み込んだ。

熱い瞳の奥に揺らめいていたのは、いったい……。

そのとき、自動受信に設定してあるメールソフトが、受信を知らせるウインドーをポンッと立ち上げて、その音に、和音は現実に引き戻された。と同時に電話が鳴って、右手でマウスを操作しつつ、左手で受話器を取る。

「はい。Ｊ－ｈｉｔｓ編集部です」

ゆっくり考え事をする暇もない。

プププッと短い間隔で鳴る電話は、内線だ。液晶表示には、広告営業課の担当者のナンバーが表示されている。聞こえてきた声は、馴染みのあるものだった。

メールは、会社のＨＰ《ホームページ》経由で届いた読者からの問い合わせらしい。ザッと斜め読みして、どうやら定型文での対応で済みそうだと咄嗟《とっさ》に判断する。

「いいえ、表3は空けておいていただきたいのですが……抱き合わせで取材が入る予定なので……ええ、向こうの担当とはいつもの値段でということで話は……」

広告ページの確認。

一番実入りのいい純広《じゅんこう》告が取れれば文句はないが、広告収入には替えられない「付き合い」というものがある。リリースに合わせての巻頭カラーなら、抱き合わせで表2か表3にレコードメーカーやプロモーション会社から広告が入るのが通常だ。そのかわり持ちつ持たれつで広告料は勉強させてもらう。

雑誌社側は部数増が望める人気アーティストを巻頭に据えることができ、その上で広告料もディスカウント価格ではあるものの入ってくる。一方アーティストサイドは、CDを売るための宣伝の場を格安で確保することができる。

持ちつ持たれつの関係だ。

けれど、大物アーティストの出稿が決まっているときに限って、飛び入りで純広が入ったりするもので……広告を入れる場所によって値段が違うから、そのあたりを采配《さいはい》するのが広告営業の仕事なのだが、編集側の思惑と合致しない場合も多く、調整が難しい場面もある。

どうやら今回も、今後のことを考えれば逃《のが》せない相手らしい。

けれど和音も譲れない。音楽雑誌はアーティストありき。表紙を誰が飾るかによって、数万部も刷り部数が変わってくるのだ。約束してしまったことは曲げられない。

「前々回の編集会議のときに、巻頭は決まっていたわけですから……次号じゃダメなんですか？　かわりに情報ページとか読者プレゼントとか、露出を増やす提案をしてみては？」

和音の提案に広告営業の担当者はしばし唸《うな》って、最終的にはそれを受け入れる方向で電話は切れた。

届いた問い合わせメールには、すでに何種類も用意された定型文のなかから適切なものを選んで返信する。

そこへ今度は、同じフロアにデスクを置く別の雑誌の編集担当者が、ついでだったからと大量に届いたＦＡＸを届けてくれる。礼を言ってそれを受け取り、ＦＡＸの枚数と順番を確認する。

ＦＡＸは、来月売り号の初校紙だった。

「全然原稿入ってないじゃないか」

届いた情報ページの初校は、入稿が済んでいる記事のほうが少ないありさまで、それ以外の場所には「●〇〇〇……」が並んでいた。

毎度のことと言えば毎度のことなのだが、ため息は否めない。

校正の機会が一回減るということは、それだけ間違える危険性が高くなるということだ。誤字脱字など日常茶飯事の月刊誌だが、情報ページは別。日付や問い合わせ先の電話番号、ＵＲＬなど、絶対に間違ってはならない事項満載で、何度確認してもしすぎるということはない。

「先月も言ったのに……」

編集プロダクション《編プロ》のページ担当者には、アーティストのスケジュールに左右される取材ページでもない限り、できるだけ印刷会社のスケジュール表にある日程どおりに入稿するように何度も注意を促しているのだが、返ってくるのは言い訳ばかり。遣り甲斐のある仕事だけれど、その一方でままならなさに歯痒《はがゆ》くなることもしばしば。

とはいえ、仕事なんてものは、どんな職種であれ、きっと似たようなものなのだろう。

理想と現実と——そのギャップを埋めるために足掻《あが》くのが、「働く」ということなのかもしれない。

ネックストラップで首から下げていたプライベートの携帯電話が鈍い振動音を立てる。マナーモードに設定された携帯が、メールの着信を知らせていた。

『今晩の約束、キャンセルさせてほしい。すまない。また連絡する』

——京介?

急な仕事でも入ったのだろうか。それとも仕事が押しているのだろうか。

こんな連絡が入るのは、特別珍しいことではない。

だから和音も、それほど気にしなかった。

少し寂しい気がしたけれど、しょうがないかと気持ちを切り替えて、仕事に集中する。

その夜流れたネットニュースの速報を、校正紙の山と格闘していた和音が、目にすることはなかった。

和音がその事件を知ったのは、翌日のこと。

出勤前に、芸能ニュースが充実した朝の情報番組を見ながら、コーヒーを飲んでいた。

そのとき和音がテレビ画面に見た「愷京介」の文字は、過去に目にしたどれとも、雰囲気が違っていた。

3

「脱税って……どうして――……っ⁉」

和音が連絡をつけることができたのは、京介のマネジャーだった。

『空』マークの表示された応接室に飛び込んで、ドアに鍵までかけて、携帯に耳を欹《そばだ》てる。

『脱税じゃないわ。申告漏れで追徴課税よ。でもそれだってちゃんと支払ったし、そもそも意図的にしたわけじゃないから税務署とも話はついてるの』

京介のチーフマネジャーを務める島津緋佐子《しまづひさこ》は、蓮沼同様、和音と京介の関係を知っている数少ない関係者のなかのひとりだ。

こちらからカミングアウトしたわけではない。しかし彼女曰《いわ》く、京介はひじょうにわかりやすいらしく、すぐに気づいたのだそうだ。さすがに京介の才能を見出《みいだ》しスカウトした本人の眼力は侮《あなど》れない。

ライヴハウスで歌っていた京介をスカウトした当時、緋佐子は夫とふたりで音楽事務所を立ち上げたばかりだった。夫の島津が社長、自分がプロデューサー兼マネジャーという立場で、京介を売るために二人三脚でがんばってきたのだ。

そこには、金と契約書《紙切れ一枚》で繋《つな》がっただけのビジネスライクな関係以上の、精神的に深い繋がりがある。京介自身はもちろん、彼らが、その才能に惚《ほ》れ込《こ》んだアーティストの不利益になるようなことなどするはずがない。

『だいたい、日本音楽著作権協会《JASRAC》からの分配だって、劇的に増えるのはこのあとなの。たいした額が漏れたわけでもないのに……どーせやるんなら、もっと大がかりにやるわよ』

ぶっそうな言葉を、冗談口調で言う。事後処理に駆けずり回ったのだろう、疲れが滲《にじ》んだ声だった。

緋佐子の言うとおり、ＪＡＳＲＡＣなどの管理事業者経由で分配される著作権収入の支払いには、一般人の想像以上のタイムラグがある。管理事業者からの分配は基本的に四半期ごとだし、それが音楽出版社（著作権管理会社）経由で著作権者——つまり京介に支払われるのは、半年から場合によっては一年も先になるのだ。

『オフィシャルのＨＰには本人名義でコメントを載せたし、次のＦＣ《ファンクラブ》会報でもちゃんと説明するつもり。手がまわらなかったってのは言い訳にしかならないし、金額の大小の問題じゃないってこともわかってるけど、でもそれが本当のところなのよ』

「京介は？」

『事実は事実だから、そのこと自体は気にしてないみたい。提供した曲の存在だって、言われてやっと思い出したくらいだから。そのバンドのメンバーとも付き合いは切れてるようだしね。でも、待ってましたとばかりにあげつらうマスコミのやり方が気に食わなかったみたいで……あれで結構正義感の強い子だから』

売れれば売れただけ敵は増える。

昨日の味方も今日の敵になりうる。

笑顔で近づいて、平然と掌《てのひら》を返す者も現実にいる。

己の利益のためには、他人を貶《おとし》めることさえ厭《いと》わない人間も……この業界に限ったことではないのだろうが、実際多いのだ。

「緋佐子さん……」

『大丈夫よ。スタッフだって誰も凹《へこ》んでないし、社長《ダンナ》ときたら「名誉毀損《きそん》で訴えてやる！」なんて騒いじゃって、逆に京介に宥《なだ》められてたくらい』

クスクス笑う緋佐子の声が受話口から聞こえて、和音もやっと肩の力を抜いた。

『ごめんね、声聞かせてあげられなくて。今スタジオに籠《こも》ってるから、あとで連絡入れるように言っておくわ』

「そんな……」

『あなたが京介のサウンドを支えてるのよ。そんな声出さないで。いつもどおり……お願いね』

京介がいつもどおり歌えるように、いつもどおり創作活動ができるように。励ましてほしいと言うやさしい声。

緋佐子は、京介の原動力が和音個人であることを、よくわかっている。だからこそふたりの関係を認めているのだ。

そこには、一プロデューサーとして、そして人気ミュージシャンのマネジャーとしての打算もたしかに働いているのだろうが、結果的にすべて京介のためになるようにと考えた上で彼女が動いてくれていることがわかるから、京介はもちろん和音も、彼女に全面的な信頼を寄せているのだ。

和音が頷いたのを確認して、通話が切れる。

緋佐子の言葉に頷きはしたものの、しかし和音の表情は、翳《かげ》ったままだった。

インディーズ時代に、何曲か音楽仲間に曲を提供した。

今どきインディーズとはいっても、本当の意味でのアマチュアなど存在しない。メジャーデビュー予備軍というだけのことで、大抵はどこかの音楽事務所や芸能プロダクションに所属しているものだ。

そんななかで京介は、緋佐子に声をかけられるまで、どこの事務所にも所属していなかった。だから、インディーズレーベルからリリースしていたCDは皆その場限りのワンショット契約だったし、友人に頼まれて書いた曲の権利処理など、すべてそのバンドが所属する事務所に任せていた。というより、任せるしか方法がなかった。

ブレイクして、昔の音源にプレミアがついた。

本人名義のインディーズ盤は問題なかった。事務所サイドも再発状況《再発売》は把握していたし、インディーズレーベルを擁《よう》していたメーカーにその機能がなかったために、著作権管理はテレビ局系列の大手音楽出版社に委託されていた。

棚から牡丹餅《ぼたもち》とはまさしくこのこと。たいして収益も見込めないインディーズアーティストの著作権管理を請け負っただけのつもりが、数年後に大化けしたのだから、音楽出版社の立場的には笑いが止まらないに違いない。

問題は、音楽仲間に曲提供した分。

京介本人が歌っているわけではないから、枚数的には京介本人のインディーズ盤には及ばないが、それでもコアなファンにとっては垂涎《すいぜん》の品。該当CDをリリースしていた小さなメーカーが再発を考えるのは当然のことだ。

いいかげんな会社だったらしく、事務所に事前連絡はなかった。

著作権者は京介だが、原盤権は当時CDをリリースしていたメーカーと、曲提供を受けたバンドが所属していた事務所にある。著作権法に記された著作隣接権の項目に当てはめればたしかに問題のある行為だが、勝手に再発されても——法以前に仁義を欠く行為であることは間違いないが——早い話、文句を言うことは難しいのが現場の実情だ。当時事務所に所属していなかった京介は、個人で契約を交わしていた。つまり、そうして生まれた金は、事務所経由ではなく、権利出版社から京介の口座に直接振り込まれることになる。

さまざまな状況が重なって、本人も事務所も与《あずか》り知らぬ金が生まれた。申告漏れだと言われたところで、どういうことなのかと訊きたいのはこちらのほうだ。

今どき、権利に明るく、契約書の文面くらい理解できなくては、ミュージシャンなど務まらない。自分の身は自分で守るしかないのだ。

日本は申告納税制度だ。納税者自身が、正しく計算して適正な金額を納めなくてはならないということになっている。だから、「知らなかった」では済まない。

一見芸術家肌でエキセントリックな言動も見られる京介だが、そういう点は真面目に勉強していて、面倒な契約や事務処理なども他人任せにはしていない。事務所だって権利に明るいスタッフを雇ってきっちり処理しているし、それでも抜けてしまったものはもうどうしようもないはずなのだが、日本の税制はそれが許されないシステムになっているのだ。

それに加えて、これまでの京介のクリーンなイメージが、皮肉なことに今回の問題をより浮き立たせる結果となってしまった。

あっという間にブレイクして、周囲は急に騒がしくなった。

そこに群がるのは、島津夫妻のように、本当に京介のことだけを考えて動いてくれる人ばかりではない。

権利が金を生み、金が金を生む。

その証拠に、京介のインディーズ盤の権利を管理する音楽出版社を系列子会社に持つテレビ局では、今回の問題は一切報道されていない。何食わぬ顔で、甘い汁だけを啜《すす》っている。

つまりは、そういうことだ。

京介のオフィシャルHPの告知文に目を通して、和音は大きな溜息をついた。

アップロードされていた文章は、スタッフが書いたものではない。本当に京介自身が自分の言葉で綴《つづ》ったものだ。和音には、その違いがハッキリとわかる。

権利関係の、しかも処理手続上の問題など、細かな話をしたところで権利意識の薄い一般人には理解できない。だから、詳細にわたる説明は省《はぶ》かれていたが、だいたいの状況説明と、そして最後に、「ファンの皆に顔向けできないような疚《やま》しいことは一切していない」と添えられていた。

――『和音……』

あのとき、和音を呼んだ声は、たしかにいつもと違っていた。

――『京介?』

問い返しても、

――『……いや、なんでもない』

京介は笑っていた。

いつもと変わらぬ表情《かお》で……。

あのとき、京介はこのことを話そうとしていたのかもしれない。

事後処理はすでに終わったあとだったはずだが、実はこんなことがあったのだと、その事実だけでも話したかったのかもしれない。

けれど、結局口を噤《つぐ》んでしまった。

事後報告で済んだはずだ。

処理に奔走しただろうスタッフの苦労を思えば笑い話になどできないが、それでも笑って話してくれたら、和音も「大変だったね」と笑い返したのに。

——俺じゃ、頼りなかった？

問題自体は、すでに適切に処理されている。メディアも、一時は騒いでも、すぐに忘れてしまう程度の内容だろう。

けれど、この日はじめて和音は気づいた。

いつもいつも、支えてもらって励ましてもらって、自分ばっかりもらいっぱなしだったことに。

京介と出会って、自分は再びピアノに向かおうと思うことができた。

そうして失ったものを取り戻しはじめた和音に、京介は活動の場を与え、音楽家としての和音のアイデンティティーを肯定してくれた。

いつだって、和音のためを考えてくれた。

誰より……自分のことよりも、和音のためだけを……。

なのに自分は、思ったように運ばないからといって京介を羨《うらや》み、実の妹にまで嫉妬《しっと》して、みっともないったらない。

それどころか、恋人の愚痴の聞き役にすらなれなかったなんて……。

何もできなくても、話を聞くくらいはできたはず。

なのに京介は、それすらしなかった。

そんな京介の、いつもとは違う表情に、自分は気づくことができなかった。あのとき感じたわずかな違和感を、どうして追及しなかったのだろう。和音のほうから問いかければ、京介だって話してくれたかもしれない。

和音が気づければ……気づけることこそが、大切だったのではないのか。

京介の愚痴など、聞いたことがあっただろうか。

強くて、前だけを見て、信じた道をまっすぐに歩みつづける恋人を、眩《まぶ》しい目で見つめるばかりで、その裏の葛藤《かっとう》や苦しみになど、気づきもしなかった。

自分のことで、手いっぱいだった。

自分が甘えることしか、考えていなかった。

いつでも京介はやさしくて、ネガティブになりがちな和音を、深い言葉と力強い腕で引き上げてくれる。

それに甘えて……そんな一方的な関係では、愛情は育《はぐく》めない。

携帯が鳴る。

ディスプレイに表示されたナンバーを眺めて、けれど通話ボタンを押すことができない。

指を置くのに、その指に力を加えることができない。

一度切れた呼出し音が、再び鳴りはじめる。何度かそれが繰り返されて、和音は鳴りつづける電話に出られないまま、携帯の電源ををＯＦＦにした。

合わせる顔がない。
詫《わ》びる言葉も思いつかない。
涙が溢れそうになって、和音は慌ててオフィスを飛び出した。

4

終電で帰宅して、あと数歩で自室のドアというところまで来て、和音は足を止めた。

マンションの廊下。

和音の部屋のドアに背をあずけ、長身の男が佇《たたず》んでいる。

逢瀬《おうせ》はいつも京介のマンションだから、和音の部屋の合鍵《あいかぎ》は渡していなかった。意図的にではない。たまたま。必要がなくて、忘れていた。機会があれば、そのときにつくって渡せばいいと思っていて結局そのまま……和音自身、玄関ドアに背をあずけて佇む京介の姿を見て、一瞬戸惑ってしまったほどだ。

「京介……」

声に出してその名を紡いでしまって、ハッと口を噤んだ。

まさかここまで追いかけてくるようなパパラッチもいないだろうが、どこに誰の目があるかわからない。一瞬躊躇《ためら》ったものの、誰かに見つかるかもしれないことのほうが問題だと思い直した。

駆け寄って、慌てて部屋の鍵を開ける。黙して語らない男を玄関に引きずり込んで鍵をかけ、ドアチェーンまで嵌めてやっと、和音はホッと息をついた。

直後、息苦しさに襲われる。

京介が、うしろから抱き締めてきたのだ。

「京…介っ」

咄嗟に抗《あらが》おうとしたものの敵わず、大きな手に顎《あご》を捕らわれる。覆いかぶさるように降ってきた口づけに、言葉を奪われた。

「……んっ」

荒々しい行動のわけは、わかっている。

和音が、携帯を切っていたからだ。

緋佐子に「連絡させるから」と言われていたのに、自分のほうから連絡がつけられない状況をつくり出してしまっていた。

「京…介、待…ってっ」

なんとか身体を捩《よじ》って、屈強な肩を必死に押し返す。けれどその手はアッサリ拘束されて、次にフワリと身体が浮いた。

——……っ!?

2LDKの狭いマンションだ。すぐにベッドルームに辿り着いて、パイン材のベッドに放り出された。体勢を立て直す前に、大きな身体が圧しかかってくる。

「京……っ!?」

再び、唇を塞がれた。

すでに馴染んだ唇。この唇がいかに情熱的にこの肌を貪《むさぼ》るのか、自分は知っている。

まるで呼応するように、肌が戦慄《わなな》いた。

心は軋んだ音を立てるのに、肉体は男に貫かれることを望んでいる。男が、この身体を求めてくれることを、嬉しいと感じている。

——なんて浅ましい……っ。

思うのに、気づけば大きな身体に縋っている自分がいた。

「和音……」

熱い唇が、肌を伝い落ちていく。シャツをはだけられ、鎖骨に歯を立てられた。

「……っ、や…ぁ」

甘く掠れた声が零れ落ちる。

心と身体が、バラバラになりそうだった。

「い…や…、きょ…すけ……っ」

弱々しく頭《かぶり》を振って、男の手から逃れようと身を捩る。

「なんで逃げる」

問うているとも責めているとも取れる声色。その声に、和音はビクリと肌を震わせた。逃れようと身悶《みもだ》えていた身体が強張《こわば》って、力を失う。抵抗を失くした身体に、京介は容赦ない愛撫を降らせはじめた。

「和音……」

欲情を孕《はら》んだ熱い声が、和音を追いつめる。

嫌じゃない。

抱かれることは苦痛じゃない。

けれど、今の和音にとって深すぎる想いをぶつけられることは、拷問に等しかった。

和音の弱い場所を知り尽くした指が唇が、色素の薄いやわらかな肌に朱印を散らしていく。

このときばかりは、京介の寡黙さが恨めしかった。

たとえそれが負の感情であったとしても、求める理由を明確にしてくれたなら、自分ももっと感情的になれるのに。喉《のど》の奥に痞《つか》えたままの苦しさを、素直に吐き出すことができるかもしれないのに。

「あ、あ——……っ」

京介の手に嬲《なぶ》られて、淡い色の欲望が弾ける。

男の背に縋った指先が、切なげにシャツに皺《しわ》を寄せた。

いつもなら、もっととねだるように男の首に腕をまわして、火照《ほて》る身体を擦り寄せて、和音は甘える。

なのに、吐精の余韻もおさまらぬ熱い身体がス…ッと懐から離れるのに気づいて、京介は怪訝《けげん》な顔で腕のなかの和音に視線を落とした。

「和音……?」

愛しい男の胸に縋るのではなく、枕の端をぎゅっと握り締めて、きゅっと唇を嚙む。

うっすらと朱に染まった頬も上気した胸元も白濁した蜜《みつ》に濡れた太腿《ふともも》も、いつもとかわらないのに、その目は京介を映していなかった。

「……って」

聞き取れなかったのだろう。京介がわずかに眉根《まゆね》を寄せる。

「帰って……っ」

口にした途端、ポロッと涙が頬を伝った。

京介が、息を呑む。

驚いた顔で和音を見つめ、言葉を探しているのがわかる。

熱いメロディーと少し強引な態度でしかその心情を伝える手段を持たない男にとって、この状況は困惑以外の何物でもない。

いつもなら、ただ抱き締めればいい。

すれ違っても誤解があっても、口づければ、それだけで頑《かたく》なな心は溶《と》けてしまう。

だから今日も、そのつもりだったのだろう。

寡黙な京介と自己表現の下手な和音。

一見まったく違って見えるふたりに共通するのは、どちらも饒舌ではないということ。

感情表現が苦手だから、口ベタだから、音を奏《かな》でメロディーを生み出し熱い歌詞《ことば》を紡ぐ。

そんな互いの不器用さを理解し合えているからこそ、京介はネガティブになりがちな和音のために、言葉よりも饒舌な歌で身体で愛を語り、和音もまた、言葉もなく、ともすれば強引で無茶

にも映る京介の言動を甘受できていたのだ。

なのに、それが許されないとなったら……。

「……ごめん……ごめ……っ」

両腕で顔を隠し、和音が背を向ける。

胸の奥に燻《くすぶ》りつづけたもどかしさ。

自分のことで精いっぱいで、京介の苦しさを思いやれなかった情けなさ。

求められて、嬉しいのに素直になれない口惜しさ。

せめてこの身体で京介のすべてを受け止めることができれば、それだけでも自身の存在意義を見出せもするだろうに、いろんな感情がぐちゃぐちゃで、いつものようにただ身を任せることができない。

今の自分は、あまりにも不甲斐《ふがい》なくて……。

「今はひとりにして……お願いだから……っ」

理由も告げず、ただ拒絶するばかりの和音に、京介は「なぜ?」と尋ねてはこない。じっと熱い眼差しを注いで、自分も同じように苦しげに瞳を眇《すが》めている。

まるで和音の苦しみが伝わっているかのように……。

「和音……俺は……」

言いかけて、けれどその先の言葉が紡がれることはなかった。

大きな手が、そっと髪に伸ばされる。

壊れ物に触れるように乱れた髪を撫でて、そして男は身体を起こした。

ベッドの上、まるで幼子のように身体を縮こまらせる和音に、床に落ちたブランケットを拾い上げてそっとかぶせ、

「また連絡する」

ギシッとベッドが軋む音がして、気配が遠ざかる。

部屋の灯《あか》りが消されて、ドアが閉められた。玄関の開閉音まで聞いてやっと、和音はブランケットのなかに潜り込んだ。


深夜近くになって、国際電話がかかってきた。

きっと和音の胸の痛みが伝わったのだろう、鈴音から。

もちろん、いきなり核心を突くような話を振ってきたりはしない。言葉の端々から、理由はわからなくても和音を元気づけようとする気遣いが窺《うかが》えて、和音はますます泣きたくなる。

なのに、心の片隅には妹の成功さえ嫉《ねた》む醜《みにく》い心を抱えている自分が、酷く惨《みじ》めに思えた。

そんなことを考えたのがいけなかったのだろうか。

痛みだけではなく、淀んだ感情まで伝わってしまったのだろうか。

『そーいえば曽我部《そがべ》、ヨーロッパツアーも大成功だったらしいじゃない？　今度、ロンドン・フ

イルとも共演するらしいし』

「……っ」

荒療治に出る気にでもなったのか、急に話題を変えられた。

この状態の和音が一番聞きたくない内容だとわかっていて、鈴音は、十代のころから和音をライバル視しつづけていた男の活躍ぶりを持ち出す。

曽我部大《ひろし》は和音の大学時代の同級生だ。腕の怪我で首席から落ちた和音にかわって首席に立ち、卒業後多くの期待を背負って留学した。少し前に海外の大きなコンクールのピアノ部門で一位を獲って、日本のメディアでも取り上げられていた。

以前帰国したときに、和音に京介という存在があることを知りながら強引な行動に出たという経緯があるために、鈴音は曽我部を毛嫌いしているが、それでもピアニストとしての才能は認めている。

もちろん和音も。

曽我部を取り囲む状況は、和音の耳にも届いている。

凱旋《がいせん》公演の華々しいステージに立った、今となってはライバルと呼ぶのもおこがましい相手の成功を目にして、あのときは本当に純粋に拍手を贈ることができていた……はずだった。

自分もがんばればいいと、もう一度やり直すのだと、まっすぐに前を向いて歩いて行けると思っていた。

なのに、いつの間にか自身の心の奥底に巣食いはじめた、負の感情。

それに気づいたのは、まだほんの最近のことだ。

でもきっと、もうずっと以前から、気づかぬうちにそんな醜い感情を抱いていたに違いない。

「日本でも大きなツアーが組まれてるって聞いたけど？」

「……知ってる」

呟いたその声で、鈴音は自分の〝読み〟が正しいことを確認したらしい。途端に口調を強め、ネガティブシンキングな兄を一喝した。

『俯《うつむ》いてちゃだめ！』

「……え？」

鈴音から和音の姿が見えているわけはない。けれど、たしかに今、和音は俯いていて、ビックリするあまり、思わず顔を上げてしまった。

『前にも言ったよね？　すーぐ悲観的になるところ、和音ちゃんのいっちばん悪いところよ！　顔上げて！　前見て！』

「鈴音……」

『今さら本当の挫折《ざせつ》を知ったからって、打ちひしがれてる暇なんてないんでしょ⁉』

――ホントの……挫折？

「な…に……？」

挫折なんて、痛いほど味わった。

この腕が、指が動かなくなったときに。

この腕にメスが入った瞬間に。

もう以前のように弾けないのだと、わかったときに。

涙も出ないほど、自身に降りかかった運命を呪《のろ》ったのに。

わからない…という声で呆然《ぼうぜん》と返した和音に、電話の向こうで鈴音が溜息をつく。そして、しようがないな…という声色で言葉を継いだ。

『和音ちゃんは、腕を悪くするまで、挫折なんて知らなかったでしょ？　天才ゆえの天真爛漫《てんしんらんまん》さっていうのかな、野心とか他人《ひと》を恨んだり嫉んだりなんて感情はかけらも持ち合わせてなかったし、それ以前に他人と自分を比べたこともなかったんだから、ライバル心なんて抱いたこともなかったはずよ』

和音が左腕を悪くしたのは、大学一年のとき。

高校時代に大きな学生音楽コンクールで一位を獲って、和音はピアニストとして将来を嘱望されていた。そこに行き着くまで、和音は思うように弾けなくて苦しんだり、ライバルの存在に心乱されたりした記憶はない。

いつだって、ピアノを弾くのは楽しかった。

ピアノだけが、口ベタな和音のコミュニケーションツールだったから……。

『腕を悪くしたときには、それを言い訳にできた。でも、理由なんてなくたって、壁にはぶつかるものなの。うまくいかなくて当たり前なの！』

天才は一パーセントの才能と九十九パーセントの努力である——なんて大嘘、最初に言ったのはどこのどいつだろう。

『このジャンルに限って言えば、天才は九十九パーセントの才能と、一パーセントの努力なの！　凡人はね、がんばってもがんばっても天才には追いつけないの！　だからこんなに必死になってるんでしょ!?』

「……鈴…音？」

『和音ちゃんにはわかんないだろうけど！』

突き放したような言い方で、でも声色は怒ってもいなければ、もちろん罵《ののし》っているわけでもない。どことなく、拗ねているような印象。ツンとかたちのいい唇をつき出して、愛らしい顔を背《そむ》けている姿が目に浮かぶ。

才能ある者は努力をする必要がないと言っているわけではない。同じだけの努力なら、皆するのだ。それだけのことをしなくては、そこにいることさえ許されないほどの、厳しい世界なのだから。

積み上げられる努力が同じなら、結果を左右するのは……。

『まぁね、自分に才能があるなんてことすら、考えたこともない和音ちゃんに、言ったって無駄だとは思うけど』

ちょっとだけ疲れ気味の声と、大きな溜息。

和音が、大きな目をパチクリさせているのがわかったのか、

『そーんなに目、見開いてたら、落っこちちゃうわよー』

揶揄う言葉が聞こえてきた。

「す、鈴音⁉」

ふいに空気が明るくなって、胸の痞えが少しだけ軽くなる。

けれど……。

『ねぇ、和音ちゃん。私がなんでヴァイオリンを専攻したか、教えてあげようか？』

「……え？」

『すぐ隣に、絶対に超えられない壁がいたからよ』

——…………っ⁉

ピアノでは、兄に敵わない。絶対に一番になることはできない。それに気づいたのは、ずいぶん早い時期だった。その葛藤と戦って、今の鈴音がある。

『だから、もう一度やるって決めたんなら、中途半端なんて私が許さないから』

「鈴音……」

重くなってしまった空気に、どちらも言葉を失ってしまう。

しかし、やはり鈴音のほうが強かった。ガラッと声色を変えて、いきなり話題を変えてくる。

『それとも、もっと違う悩みだった？』

「……へ？」

『痴話喧嘩《げんか》にしては深刻そうな感じが伝わってきたから、違うと思ったんだけど。なぁに？　浮気でもした？　……って、それはありえなさそうよねぇ』

「……っ。鈴音⁉」

焦った声に、受話器の向こうから楽しげな笑い声が返される。

「それともまーた別の男に押し倒されちゃったとか？」

——ま、〝また〟って何っ⁉

蓮沼には口説かれただけだったし、曽我部には押し倒されてキスされて、でも寸前で京介が助けてくれた。

——京介……。

心を覆い尽くすさまざまなもの。

けれど、そうしたものをすべて取っ払ってしまったあとに残るのは、愛しさだけだ。根底にあるのは、京介への愛情だけ。

この気持ちだけで、生きていけたらいいのに。

けれど人の生きる道は、そんな単純なものではありえない。

会いたい。

抱き締めてほしい。

ひとりにしてほしいと懇願したのは自分なのに。

ほんの数時間前、その体温に触れたはずなのに、もうずいぶん長く会っていないような気がした。

すると、やっぱり和音の心を読んだかのように、鈴音から突っ込みが入る。

『なぁに？　やっぱり痴話喧嘩だったの？』

「……っ、鈴音！」

そんな単純な問題ではないはずなのに、どういうわけか否定もできない。

『だったら和音ちゃんは悪くないわよ』

肉親の欲目だとしか思えない言葉で平然と返してくる妹に、和音は苦笑いで応える。

「……俺が悪いんだよ」

こんがらかって、八つ当たりしてしまった。

自分のほうこそ、励まさなければいけない立場だったのに。

『和音ちゃんは悪くないわ。ハッキリしないあいつが悪いのよ』

鈴音は、いつだって和音の味方だ。

『向こうから謝りにくるまで連絡しちゃダメよ！　甘い顔すると、男はすーぐつけ上がるんだから！』

自分も一応男なんだけど……という反論は、この場合意味をなさないだろう。

鈴音の強気な発言を聞いているうちに、うだうだ悩んでいる自分がなんだかバカバカしくなってきて、和音は気持ちが軽くなるのを感じた。とはいえ、やはり謝るのは自分のほうだろう。

しかし、言い募ろうとした言葉は、アッサリと遮られてしまった。

「そういうわけには……」

『いいの！　あ…っと、いっけない。このあと約束があるの。ごめんね』

受話器の向こうから、騒音が届く。

慌てた鈴音が、何か落としたか倒したか……その様子に和音は小さく笑った。

「いいよ。長くなっちゃってごめん。電話代、こっちに請求してくれていいから」

長くなってしまった国際電話を気遣って半分冗談で言ったのだが、「ホント!? じゃあその分で欲しかったバッグ買っちゃおー」などと呑気《のんき》な声が返されて、和音は苦笑するしかない。

「ありがとう」

それに返される言葉はない。かわりに、ふふっと楽しげな笑い。

そして、短いあいさつとともに電話は切れた。


すぐに京介に連絡を入れようかと思って、けれどやめた。

ちゃんと、話をしたいから。

自分のなかで、答えを出さなければならない。

ちゃんと消化しなくては、このまま、足踏みしたまま前へ進めなくなってしまう。

鈴音は、「当たり前」だと言った。

躓《つまず》いて、立ち止まって、一度は人生に絶望して、それでも和音は今のような負の感情を抱いたりはしなかった。そのときは、ただ現実を受け入れるだけで精いっぱいだったのかもしれない。

けれど今、新たな一歩を踏み出したというのに、やっと踏み出せたというのに、自分はままならない現状とそれに苛立《いらだ》ってしまう自分自身の感情とに翻弄《ほんろう》されて、本来見つめなければならないものを見失っている。

その状況を、「当たり前」だと受け止めていいのか、和音にはわからない。

京介ならきっと、黙ってすべてを受け止めてくれるだろう。

あの力強い腕で抱き締めてくれるに違いない。何も訊かず、責めもせず。和音の戸惑いごとすべて、包み込んでくれるはずだ。

でも、それではダメなのだ。

こんなことでは、先が思いやられる。

いつまでも甘えてはいられない。

一歩を踏み出すのは、自分の足なのだ。

深呼吸をして、ベッドルームの隣、レッスン室として使っている部屋のドアを開ける。部屋のほとんどを占拠する、グランドピアノ。

壁際に並べられた楽譜のなかから真新しい一冊を手に取って、譜面立てに開く。

防音は効いているけれど、深夜だからヘッドフォンをした。

グランドピアノでありながら、電子ピアノのように消音機能とＭＩＤＩ音源の装備された国産メーカーのピアノは、こういうときに非常に便利だ。

楽譜に記された楽曲を、いきなり「音楽」として奏でるのではなく、一小節ずつ、一音ずつ、音符を拾っていく。そこに記されたものを、確認していく。楽譜から作曲家の意図を汲《く》み取る以前の、新しい曲に挑戦するときにはかならず通らなければならない、地味で、けれど重要な過程だ。


学生時代に、弾いたことのある曲。

それでも、新しい楽譜を買って、そこに書き込みをしていく。

ゼロの状態から、曲を読み取っていく。

集中していれば、邪念を忘れられる。

そのために楽譜を開いたわけではなかったけれど、結果として、夢中になった和音の思考からはピアノ以外の存在は抜け落ちてしまった。

視界に映るのは、黒く艶やかなボディーと、滑らかな指ざわりの象牙《ぞうげ》の鍵盤。

絵画のように美しい、譜面、音符、記号たち。

ヘッドフォンから聴こえてくるのは、単調な音。

脳裏に流れるのは、和音が理想とする、完璧《かんぺき》な演奏だった。

5

「お疲れさまでしたー」

「ありがとうございました」

予定されていた取材時間を少々押してしまって、和音はマネジャーにその旨《むね》を詫びる。

『Ｊ‐ｈｉｔｓ』の番がまわってくるまでにすでに時間は押していたのだから、そんなに気を遣う必要もないのだが、これはもう社交辞令のようなものだ。

「いえ、こちらもノッてお話させていただいてましたから」

アルバムリリースを控えての、ＭＵＳＥ《ミューズ》のインタビュー。

ＭＵＳＥのメンバーは、インディーズ時代からの京介の友人だ。精力的に活動をつづける彼らは、いったいいつ休んでいるのかと訊きたくなるほどの、ツアーとレコーディングをこなしている。

つい先日、二〇公演以上に及ぶライヴハウスツアーを終えたばかりだというのに、もう次のアルバムリリース。いつの間にレコーディングをしていたのかとライターが尋ねたら、「隙間に」と軽く受け流されてしまった。

それでも、和音が編集担当をしている『J－hits』だったから特別、というわけでもないだろうが、いいインタビューが取れて、なかなか濃い記事に仕上がりそうな予感がする。

京介を通じて、ギターのTAKUYAともボーカルのKAORUとも友人関係にある和音だが、今は仕事中だ。和音は一編集者であり、TAKUYAとKAORUは取材される側のアーティスト。

最初に、周りにわからない程度にTAKUYAが目配せしてきて、和音も密かに微笑み返したが、それだけだ。あとでメールでも入れておこうと考えて、そのまま帰るつもりだったのだが……女性ライターがパウダールームに消えた隙を狙《ねら》ったように、廊下の陰からTAKUYAがひょっこりと顔を出した。

「和音ちゃん！」

「TAKUYAくん!?」

思わず周囲を確認してしまう。

手招きされて、どうしようかと思ったものの駆け寄ると、ぐいっと腕を引っ張られて、空いていた応接室に引《ひ》き摺《ず》り込まれてしまった。

「ちょ……え？　え？」

「喧嘩した？」

ドアに鍵までかけて、TAKUYAはクルッと和音に振り向いた。

「……へ？」

「勘弁してよ〜、あいつお子様なんだからさー」

「た、TAKUYA…くん？」

真っ赤な髪をガシガシと掻き上げて、TAKUYAが呆れた……というか、困った顔で溜息をつく。

和音とかわらないくらい小柄なTAKUYAだが、和音とは華奢さのタイプが違って、薄っぺらい体型の和音と違い、必要な筋肉はきっちりとついているタイプだ。だから、ガシッと腕を掴まれたら、和音には抵抗できない。

「お願い。仲直りして」

「……えっと……」

何を言われるかと思ったら……。

そんな必死の形相で言うには、いささかセリフが間抜けなような……。

「悪いけど俺、これ以上のとばっちりはゴメンだから！　和音ちゃん、ちゃんと手綱《たづな》締めといて！」

「……」

呆気《あっけ》に取られて黙ってしまった和音に、TAKUYAが切々と訴える。

地方でのツアー最終日。ライヴは大成功に終わったのに、そのあとが最悪だった。

たまたまプロモーションに来ているというから京介と合流したのに、いつも以上の無愛想ぶり。でもそんな程度なら、TAKUYAもKAORUも気にも留めない。彼らは、和音と知り合うずっと以前から京介の友人なのだ。互いの性格など、嫌というほどわかっている。TAKUYAもKAORUも、あの京介と正しくコミュニケーションを取れる、数少ない人間のうちにカウントされているのだから。

が、その晩の京介は、それでは済まなかった。

たしかに、悪いのは相手だった。

でも！　どんなにムカつく口先だけの無能なプロデューサーでも、ビジネス上立てなければならない相手というのはいるのだ。

TAKUYAもKAORUも、決して長いものに巻かれるタイプではないけれど、それでもちゃんとした大人だ。ニッコリ笑って済む場面では、心のなかで「このやろうっ」と思っていても、笑顔のひとつやふたつ、いくらだってサービスしてやる。自分たちにだけ火の粉が降りかかるなら関係ないが、自分たちの言動にスタッフの生活がかかっているのだから、そういうわけにはいかない。

でも、それができないのが、TAKUYA言うところの、〝お子様〟京介なのだ。

愛想笑いのひとつもしない。

ブレイクした今だからこそ、誰からも咎《とが》められないし、それがウリのひとつではあるけれど、それが通じない相手もいる。

性質《たち》の悪いプロデューサーだった。

スタッフ一同も、頬を引《ひ》き攣《つ》らせていた。

とりあえずこの場だけ受け流して、仕事は適当な理由をつけて断ればいい。MUSEのメンバー四人で話し合って、事務所もマネジャーもOKしてくれていた。だから、多少腹に据えかねることがあっても、その数十分、数時間だけ我慢すれば、それで終わるはずだったのだ。

「なに……したの？」

恐る恐る聞いてみる。

「蛇嫌いのプロデューサーにマムシ酒ぶっかけた」

酒が空になって、底にマムシの姿漬け（⁉）が残った酒瓶を、ご丁寧にもプロデューサーの目の前に置いて、何も言わず打ち上げ会場を出て行ってしまったらしい。

笑っていいのか呆れていいのか。

「いやまぁ、さすがに俺らも顔、引き攣ってたからさ〜」

メンバーはもちろん、MUSEの関係者の口からは何も言えない。それがわかっていたから、京介がかわりにやってくれたのだろうとTAKUYAが苦笑する。

「ザマーミロ！　って感じだったんだけど……」

内心爽快《そうかい》だったものの、そのあとの処理が大変だった……ということか。

「でもさ、あいつも曲がったことがキライなヤツだから、そういうトラブル、昔からあったことはあったけど、あそこまでレベルが低いと、逆に無視しちゃうはずなんだよね、いつもなら。会場に現れたときから機嫌悪いな〜ってのはわかってたし」

「……ん…」

「機嫌悪いってゆーか……しょんぼりしてるって表現のほうが合ってるような気が、俺はしたんだけどさ。例の脱税云々《うんぬん》ってやつはとっくに処理済みだって聞いてるし、あんなこと気にするようなヤツじゃないし。だとしたらヤツが落ち込む原因なんて和音ちゃんのことくらいしか思いつかないしさぁ。……どうしたの？」

その問いには簡単に答えられなくて、和音は言い淀んでしまう。

「喧嘩ってわけじゃなくて……俺がひとりで勝手に癇癪《かんしゃく》起こしてただけ。京介は悪くないんだ。例の件で大変だったのに、励ましもしないで当たり散らしちゃって……」

「和音ちゃんが？」

おっとりとしていておとなしいタイプの和音と、聞かされた話の内容とが結びつかなかったのだろう。ＴＡＫＵＹＡが大きな目を見開く。

「俺だって、苛々するときくらいあるよ」

自嘲《じちょう》気味に微笑んで、和音は視線を落とした。

自分はそんな綺麗な人間ではない。

その事実を突きつけられて、それを認められなくて、呆れて憤《いきどお》って……、

「どうしたら、そんなにがんばれるの？」

「……え？」

いきなり質問を返されて、ＴＡＫＵＹＡがきょとんと首を傾げる。

デビューからずっと、ＭＵＳＥは揺るぎない人気を保っている。業界全体の不振で、数字だけ

を見れば売り上げは落ちているけれど、それでもリリースするアルバムは常にランキング上位にランクインするし、テレビ番組やCMのタイアップがついているわけではないのに、シングルも売れている。ライヴハウスツアーのほかにホールツアーやときにはアリーナツアーなど、年間ものすごい数のライヴを行《おこな》っているけれど、どこの会場もチケットはほとんどソールドアウトだ。

京介同様、選ばれた存在。

その素性を知らされないまま、はじめてTAKUYAに会ったときも、スポットを浴びるために生まれてきた存在だと、咄嗟に感じた。TAKUYAにもKAORUにも、ステージに立つ者だけが持ちうる、独特のオーラがある。

子どものころからクラシックを学んできた和音と、ロックバンドのメンバー。

比べるほうがどうかしていると和音にもわかっている。でも、ジャンルは違っても、音楽は音楽だ。

その声、弦を爪弾《つまび》く指先、そしてサウンドメーカーとしての才。それだけを武器に、彼らはトップにまで上り詰めた。その才能は、ホンモノだ。

ポツポツと拙い言葉を紡ぐ和音の声に耳を傾けていたTAKUYAの表情が、徐々に徐々に険《けわ》しくなる。

「でも俺は……」

「和音ちゃん！」

自分を卑下《ひげ》する言葉を紡ぐ前に、ふいに強い口調で言葉を遮《さえぎ》られて、和音はハッとして顔を上げた。

視線の先には、厳しい表情を浮かべたTAKUYAの顔。いつも明るくて楽しくて悪戯好きで……ムードメーカーな彼のこんな表情、和音は見たことがない。

「TAKUYA…く……」

「俺らが、そんなお気楽に音楽やってるとでも思ってんの⁉」

「……っ」

「和音ちゃん、さっきのインタビュー、全然聞いてくれてなかったんだ？」

「そんなことは……」

「和音ちゃんトコだからと思って、けっこうサービスしたのにさ」

MUSEは、インタビューなどであまり制作裏話のようなことを口にしない。笑い話ならいくらでも聞かせてくれるけれど、苦労話のようなものは、軽い口調の陰に隠されてしまってほとんど語られることはない。

作品がすべて。それが彼らのスタンスだからだ。

でも今日のインタビューでは、いつもはあまり聞くことのできない話を聞かせてくれていた。きっと読みごたえのある濃い記事になるはずだ。

「好きって気持ちだけじゃどうにもならないのがプロの世界なんだよ」

ただ、楽しいだけでは済まない。

常に理想を追いかけていられるわけじゃない。

「音楽業界《こ こ》は、そんな綺麗な場所じゃないよ」

——……っ!?

「ライバル蹴落《けお》として、何が悪いの？　ムカつく同業者なら、ごまんといるよ」

「そんな……」

「京介とだって、いざとなったら戦うよ、俺たちは」

「……っ!?」

それが当然だと、言い切る強い眼差し。

「京介だって、それはわかってるはずさ。じゃなきゃ、あの場所《地位》にはいられない」

青白い顔を強張らせる和音に、TAKUYAがひょいっと肩を竦めてみせる。

「間違えないでよ。足の引っ張り合いをしてるわけじゃないからね」

相手を引き摺り下ろすのではなく、自分が一歩上に行くだけのこと。一段上から蹴落とすのでなければ、意味がない。

「酷いと思う？」

和音は、「YES」とも「NO」とも答えられない。

「俺も、そう思うよ」

「TAKUYA……」

「でも、蹴落とされても、俺らは這《は》い上《あ》がる」

——……っ!!

「聴いてもらいたいからね。少しでも多くの人たちに、俺らの音を」

そのための、プロだ。

歌いたいだけなら、自己満足なだけなら、メジャー《商業市場》で活動する必要はない。

シャツの胸元をぎゅっと握り締め、言葉を失ってしまった和音に、TAKUYAがニッコリと微笑む。

「でも、仲間だから」

「……え？」

「負けるもんか！　って思ってるけど、音楽仲間であることにかわりはないよ。刺激し合える関係だからライバルにもなるんだし」

相手の才能を認めているからこそ、いざとなったら手は抜かない。容赦もしない。でなければ、相手を見くびっていることになる。

「でも、やっぱあいつがチャートで一位になってるの見ると、毎回ムカつくけどさ。ろくでもない曲なら『ふ――ん』って感じなのに、これがまた腹立つくらいいい曲だったりするんだよな～。――ったく」

両の掌を天に翳《かざ》し、ウンザリだという表情で溜息をつく。

TAKUYAのその様子に、和音はやっと表情を緩めた。

「だいたいさー、和音ちゃんのせいなんだからね」

「……俺？」

「和音ちゃんが京介振っちゃってくれてれば、今ごろあいつはココにいなかったはずなのに」

とんでもないことを言って、ペロッと舌を出してみせる。

「ラヴラヴだから、調子こくんじゃん」

半眼でチロッと睨まれて、和音がカッと頬を赤らめる。

さっきは仲直りしてくれと必死の形相だったのに、これじゃあ逆のことを言われているみたいだ。

「ま、原因はなんでもいいけどさ、とりあえず仲直りしたら?」

「TAKUYAくん……」

「京介のヤローは別にどーでもいいけど、和音ちゃんが哀しそうにしてるのは、見たくないし」

ニコッと微笑まれて、和音は唖然《あぜん》とTAKUYAを見つめてしまう。

整った顔立ちは、感情表現が豊かなために、実年齢より幼く見える。けれど中身は……和音など足元にも及ばない強さを秘めている。

「今日あたりスタジオじゃないの?」

「ん……籠もってるはず」

「行ってやりなよ。本人以上にマネジャーが泣いてるような気がするし」

思いどおりにならないアーティストに、マネジャーの緋佐子が眉《まゆ》を吊《つ》り上《あ》げている姿が目に浮かんで、思わず笑ってしまう。その横では、板ばさみの現場マネジャーが、天を仰いでオロオロしているに違いない。

TAKUYAとふたり、顔を見合わせてひとしきり笑って、和音は視線を上げた。

礼を言おうとしたとき、鍵をかけていたドアがけたたましく叩かれて、ふたり同時にビクリと肩を揺らす。

『TAKUYA！　いるんだろ？　早く出てこい！』

ドアの外から、KAORUの声。

「やっぱーっ」

慌ててドアを開けると、KAORUが腕組みをして仁王立《におうだ》ちしていた。

「おまえは……」

「へへっ」

「笑ってる場合か！　さっさと来い！　みんな待ってるんだぞ！」

和音がフォローを入れる間もなく、TAKUYAはKAORUに引き摺られていってしまう。

どうしようかと慌てる和音に、TAKUYAが振り返ってウインクしてみせた。

その表情に勇気づけられて、和音は引き摺られていくTAKUYAの背に手を振る。

すると、呑気な顔で和音に手を振り返そうとしたTAKUYAの頭に、疲れた表情を浮かべつつKAORUがゲンコツを落とした。

それから、「あ」と声を上げた和音にチラリと視線を寄越《よこ》して、言葉はないものの「またな」と手を振り返してくれた。

6

　京介の携帯にメールを入れて、和音はスタジオではなく、京介のマンションに足を向けた。

　仕事の邪魔はしたくない。

　たぶん京介がメールを見るのは、ひと仕事終えたとき。やるべきことをやって、自分のために時間を割《さ》いてくれるのは、それからでいい。

　機材に占領されたマンションの一室。

　その隅に、古いアップライトピアノがある。

　和音がこの部屋に来るようになってから、常に最高の状態に調律・調整されるようになったピアノは、古いながらも深みのある音で鳴ってくれる。グランドピアノには比べられないが、それでも使い方によっては充分な音だ。

　蓋《ふた》を開けて、刷毛《はけ》で埃《ほこり》を払って、奏でたのは『Ｌｏｖｅ　Ｍｅｌｏｄｙ』。京介が、和音のために最初に書いてくれた曲だ。

　やさしいメロディーに情熱的な歌詞《こえ》がのるこの曲は、今では京介のライヴの定番曲のひとつになっている。ファンの支持も熱い。

即興でピアノ・ソロにアレンジして奏でる。もう数え切れないほど演奏した曲だけれど、即興だから、いつも少しずつ違っている。そのときの気分、状況、楽器によっても、和音のアレンジは変わるのだ。

そのとき、ふいに鼓膜を震わせたのは、聴き馴染んだ、甘い声。

咄嗟に、和音は演奏をピアノ・ソロから伴奏に切り替えた。

その声を最大限に活かすための、ピアノ。

愛してる……愛してる……
幻じゃない温もりを抱き締めたい
目の前の君に口づけたい
ありったけの愛の言葉で縛りつけたい
君のすべて……

演奏が終わると同時に、うしろから抱き締められた。

息苦しささえ感じるほどの、激しい抱擁。

その温もりに包まれて、和音は瞼の奥が熱くなるのを感じた。

けど、泣かない。

深呼吸をして、背後を振り返る。そして、

「ごめんなさい」

言葉とともに、男に口づけた。

話したいことは山ほどあったけれど、それよりも身体が餓《う》えていた。心の渇きに呼応するように。

口づけたら止まらなくなって、そのまま男の腕に抱き上げられ、ベッドに運ばれても、和音は抗わなかった。それどころか、自ら男のシャツのボタンに手をかけ、貪るような口づけに必死に応える。

一糸まとわぬ姿で抱き合って、和音は自身の欲望がすでに昂《たか》ぶっていることに気がついた。恥ずかしくてたまらないのに、身体は持ち主を裏切って暴走をはじめる。

欲望に突き動かされるまま細い腰を京介の腰に擦りつけ、淫《みだ》らに両脚を絡みつかせる。和音の好きにさせながらも、京介の器用な指先が胸の突起を捏《こ》ねて、和音は掠れた声を上げた。

濡れた舌が、そこに絡みつく。やんわりと歯を立てられ、強く吸われて、和音はビクビクと背を撓《しな》らせた。

「や…、あ、あぁ……っ」

早く欲しくて、男の背に縋りつく。性急に昂っていく肉体が怖くて、けれど怯《おび》えていられる余裕もなかった。

ただ、欲しい。

今、和音の思考を支配しているのはそれだけだ。

「きょ…すけ……、はや…くっ」

痛くてもいい。傷ついたっていい。早くひとつになりたい。

そんな和音の焦燥を、触れ合う肌で感じ取っているだろうに、男の行為はあくまでやさしかった。求めてくる激しさ荒々しさはあるものの、無体を強いてくることはない。

すっかり蕩けた内部を、指で掻きまわされる。一番感じる場所を掠めるだけの意地悪い指の動きが、もどかしくてたまらない。

「いや…ぁっ、京…介……っ」

もっと熱くて硬くて大きなもので擦ってほしい。でなければ満足できないように、和音の身体は教え込まれているのだ。目の前の男によって。

「まだ、ダメだ」

男の声にも艶が滲んでいるというのに、つれなく返される。

「いやっ、きて……はやく……っ」

懇願《こんがん》するのに聞き入れてもらえなくて、かわりに大きく両脚を開かれ、しとどに濡れそぼつ欲望のさらに奥、真っ赤になってヒクつく秘孔に、ねっとりと濡れたものが触れた。

「あぁ……っ」

指と舌で、その場所を蕩かされる。

そんなことをしなくても、和音のソコはもうトロトロに蕩けているというのに。やわらかくなってヒクつく場所に、滑ったものが差し込まれる。

「い…や、そんな……っ」

浅い場所にある感じるところを攻められて、細い腰をビクビクと揺らす。でももっともっと奥まで欲しくて、和音は男の髪に指を滑らせ、ねだるように艶やかな髪を掻き混ぜた。

もどかしい愛撫が苦しくて、細い背を撓らせ、爪先が切なげにシーツを掻く。

何度肌を合わせても、この危うい感覚に慣れることはない。いつもいつも翻弄されて、淫らに啜り泣くばかりだ。

「きょ…すけ……っ」

掠れた声に呼ばれて、京介が顔を上げる。和音の最奥を弄りながら、涙に濡れた瞳に自分が映されているのをたしかめるように、じっと見つめてくる。

手を伸ばすと、ぎゅっと握り返された。

白い指先に、やわらかなキス。

そして再び身を屈《かが》めてきた京介が、淫らに開かされた両脚の間に、熱く滾《たぎ》ったものを押し当ててきた。期待に、身体が弛緩《しかん》する。呼吸を合わせるようにしてぐっと押し入ってきた怒張が、熱く蕩けて淫らな伸縮を繰り返す内壁を擦り上げた。

「あぁ……っ、や…ん……っ」

男から与えられるものすべてを受け止めようと、肌を震わせしなやかな腕で精いっぱい男の背を抱き返し、そして細い腰を淫らにくねらせる。

「和音……」

欲情に掠れた声と、貪るような口づけと。

触れ合った場所から熔けてしまいそうな、激しすぎる悦楽。

「や…っ、あ——……っ」

白い喉を震わせて、歓喜の声を上げる。

男の腰に淫らに脚を絡め、細い背を撓らせて、白い指先が男の背に爪を立てた。

「……っ」

和音に引き摺られるように、男も最奥に埋め込んだ欲情を解放する。男の欲望が弾けて、熱い飛沫《しぶき》が注がれる快感。ぎゅうっとしがみついて、切なげに眉根を寄せて、半開きの唇から悩ましい声を上げる。

その凄絶《せいぜつ》なまでの痴態に、根元まで埋め込まれた京介の欲望が再び頭を擡《もた》げて、和音はカッと頬に血を昇らせ、けれど激し過ぎる情交を、拒んだりはしなかった。


「脅迫メールが来た」

とんでもない単語を聞いて、和音が顔を上げる。

ベッドのなか、京介の胸に頬をあずけながら、全身を襲う気だるささえ愛しくて、このまま睡魔に身を任せてしまうのも勿体無《もったいな》くて、まどろんでいたときに。

「……え？」

大きな目を見開いた和音に、天井に向けていた視線を寄越した京介が、わずかに口角を上げて微笑む。

「TAKUYAとおまえの妹から」

楽しそうでもあり、でも苦笑気味な声。

揶揄われたことに気づいて、和音が不満げに頬を膨らませる。

京介の脱税疑惑報道で、世のなか、素直に成功をたたえてくれる人ばかりではないのだと改めて知ったばかりの和音にとっては、性質の悪い冗談だ。

「……もうっ」

拗ねた声は、つむじへのキスひとつで宥めて、今度は真剣な声で京介は言葉を継いだ。

「俺が頼りないから、和音が余計なことを考えるんだと叱られた」

「そんなこと……」

京介自身、この業界がどんな場所かということは和音以上に知っているはずだ。

TAKUYA同様、デビュー前はインディーズで活動していたのだし、デビューに漕《こ》ぎ着《つ》けるまでには、さまざまな仕事もこなしてきている。

トップは孤独なのだと、アスリートたちは口を揃《そろ》えて言う。

ミュージシャンも、それは同じだ。

友人にもスタッフにも恵まれて、最高の活動環境があったとしても、トップゆえの苦しみがかならずある。それを乗り越えられなければ、トップの座を維持しつづけることはできない。

「俺こそ……」

恋人の成功を、たとえ一瞬であっても嫉んでしまった。

その支えになりこそすれ、負の感情を抱いて、それを相手にぶつけるなんて、言語道断《ごんごどうだん》だ。

自分を責める和音に、京介はやさしく微笑んで首を横に振る。

「当然のことだ」

「……京介?」

「俺も、和音の音が怖くなるときがある」

同じ道を歩む者同士。MUSEのように、ランキングなどで直接順位を競うようなことはなくても、音楽は音楽だ。自分以外の才能に驚きと敬意とともに、恐れを抱くこともある。ときにはそれが、激しい嫉妬になることもある。

自分だけを信じて歩んでいくには、人間という生き物は脆《もろ》すぎる。弱すぎる。

だから支え合う存在を欲して、この身を焦がすのだ。

「あのとき、あいつの気持ちが、わからないわけじゃなかった」

「あのとき……?」

京介の言う「あいつ」が、和音の大学時代の同級生で今や新鋭ピアニストとして世界的に名を馳せる曽我部のことだと気づく。

大学入学時から、曽我部につらく当たられ、自分は嫌われているのだと、和音はずっと寂しく思っていた。でもそれは、和音へのひと言では言い表せない複雑な感情を持て余した曽我部の、苦しい感情表現だった。

男は、和音の音に焦がれ、才能に嫉妬し、和音自身への想いを素直に告げることも、それ以前に認めることもできなくて、ずっと苦しんでいたのだ。

だから、和音が怪我で戦線離脱した事実を、受け入れられなかった。自身が焦がれつづけたものが失われた現実を受け入れられず、向かう場所を失くした感情を激情のまま和音にぶつけてきて……。

「あのとき」――曽我部に求められたとき、和音には男の気持ちを一〇〇パーセント理解することはできなかった。それでも、男が〝杉浦和音というピアニスト〟の存在が埋もれてしまうことを惜しんでくれていることだけは伝わってきたから……だから和音は、その後も曽我部と交流を持てているのだ。

「……あ……」

和音の大きな瞳が、ゆるゆると見開かれる。

あのとき曽我部にぶつけられた強い感情こそ、今自分が抱いているものと同種のものであったことに気づく。

そして、曽我部とは犬猿の間柄ながら、その気持ちがわかると言った京介の真摯《しんし》な眼差しを、まじまじと見つめてしまった。

「京介…も……？」

恐る恐る口にした和音に、京介がどこか苦笑気味に微笑む。

「MUSEが先にデビューを決めたときに、焦らなかったわけじゃない」

インディーズ時代からの音楽仲間だが、その当時の流行《はや》りもあったのだろう、先にメジャーデビューを決めたのはMUSEのほうだった。友人であり、ライバルでもある。一歩先を行かれれば、悔《くや》しくて当たり前だ。

当たり前だけれど……でも、京介に似合わないといえば似合わない。そんな、誰かを羨むようなセリフは……。

「俺だって、そんなことを考える、普通の人間だ」

「京介……」

――『カッコつけてるばっかりじゃ、なんも伝わんねぇぞ！』

TAKUYAに言われた。

カッコ悪いところを見せたくなくて、和音の気持ちが離れたら…と思ったら不安で、すべてを抱え込んでしまった。

必死に隠さなければならないような問題でもなかった。

だからこそ、気づけなかった自分が情けないやら、修正申告のための書類を書いている自分が不甲斐ないやら。話したほうが……と思って、やっぱりと思い直してしまったのだ。

愚痴って甘えて……そんならしくない自分を晒《さら》して、和音に幻滅されはしないだろうかと、あのとき意味深に口を噤んだ京介の胸の内にあったのは、実はそんな子どもっぽい不安。

でもそれは、和音を見くびっていたとも言えることで……京介もやっとそれに気づいた。

――『和音ちゃんはそんなに弱くないわ！　ああ見えて、すっごい頑固なんだから！』

和音にはあんなふうに言ったくせに、気にかけてくれていたらしい。鈴音の言葉を京介から聞かされた和音が、口をへの字に曲げる。

「ひどい……」

頑固だなんて。

今まで誰からも言われたことないのに……。

眉間《みけん》に皺を寄せた和音の表情に、京介が小さく笑う。

「すまない。たいしたことじゃなかったのに、和音を悩ませてしまった」

その言葉には、フルフルと頭《かぶり》を振った。

和音にとっても、いいきっかけになったと思うから。

「もっと甘えてもいいか？」

腕に抱き込まれながら耳朶《じだ》に囁かれて、和音もその首に腕をまわす。

「ん……。俺も、溜め込まないでちゃんと言うね」

自分を曝《さら》け出すのを恐れていては、ただでさえ難しいこんな関係、つづくわけがない。

包み込むような口づけに、ウットリと瞼を閉じる。

――が、京介が再び不埒《ふらち》な手を這わせはじめたのに気づいて、慌てて止めた。

「ちょ……ダメっ」

なんでだ？　と不満そうな眼差しを向けられて、和音はここぞとばかりに強い口調で言う。

「明日も仕事！」

週末だけれど、午後から取材が入っているのだ。京介だって、スタジオワークがつづくはず。

「寝かせてよっ」

「ダメだ」

言いたいこと、言わなきゃいけないことはハッキリと言う。我慢しない。

つい今さっき確認し合ったばかりなのに……。

今までの和音なら、このまま流されていたはず。でも今日は、強気に出た。

ぐっと肩を押し返すと、それ以上の力でぎゅうっと抱き締められる。

「京介！」

不満の声を上げた和音の耳に囁かれたのは、全身から力を奪うに充分なセリフ。

「甘えていいって言っただろ？」

強引さはいつものまま、和音の髪に指を絡めながら、熱い眼差しを注いで、今まで和音に贈られた、聴くに堪えない甘ったるい歌詞以上に恥ずかしいセリフが、臆面もなく告げられる。和音はもう、真っ赤になって黙るしかない。

大きな瞳をパチクリさせて、長い長い溜息をつく。

——計算なの？　天然なの⁇

自分にこそかけられて然《しか》るべき言葉で内心毒づいて、和音が白旗を掲《かか》げる。

「甘やかしてほしいの？」

「あぁ」

「もっと？」

「もっと」

啄ばむような口づけが、頰に瞼に唇に。

諦めて、圧しかかってくる大きな身体に腕をまわす。

「じゃあ今度、独占取材、よろしくね」

少しだけ強《したた》かになって、微笑《みは》む。

それには驚いた顔で目を瞠って、京介は少々手に負えなくなってきた恋人に、肩を竦めてみせた。

Op.2

1

「あんた、俺のドラマ見たことあるの？」

インタビューも無事終わり、カメラのセッティングを直して、決めポーズでの撮影に入ろうとしていたとき、それまで和音《かずね》の存在など視界のなかに入っているのかいないのかわからない態度だった男が問いかけてきた。

「……え？」

相手は、主演したドラマはかならず高視聴率を稼ぐ人気俳優。

もともとシンガーソングライターとしてデビューしたものの、鳴かず飛ばずで俳優に転向。その後俳優としてブレイクして、今や不動の地位を築いている。数年前までは、「弟にしたいタレント」「息子にしたいタレント」ランキングで常にトップだった。二十代半ばを過ぎた今でも、爽《さわ》やかなキャラクターは幅広い年齢層の女性から支持を集めている。

「耳のいい編集さんだって聞いてたから、俺、今日すっごく期待して来たんだけど」

「……椎名《しいな》さん？」

「すっげー肩透かし食った気分」

椎名サトルは、俳優としてのイメージはもちろんだが、オフでも評判がいい。

過去の栄光に縋りつづけるだけの大物俳優や勘違いな女優によくありがちな常識外れなことはしないし、今日のインタビューも、予定より一〇分早い入りだった。にこやかにあいさつをしてくれて、高飛車なところもなく、インタビュー自体はとてもスムーズに進んだのだ。

そんな椎名の口から発せられた毒のあるセリフに、場の空気が凍りつく。

「あの……？」

「杉浦《すぎうら》さん……だっけ？　いくら音楽に詳しくったって、俳優としての俺を知らない人にいい記事がつくれるわけないと思わない？」

「サトル⁉」

マネジャーの叱責《しっせき》が飛ぶ。いったいどうしてしまったのかと、担当タレントの奇行に、可哀相に顔が強張っている。が、椎名は態度を改めようとはしなかった。

「ああ、でも記事はライターさんが書くし、版元のデスクなんて、社名背負ってそこにいるだけでいいのか」

クスッと笑うその顔には、ありありと和音への悪意が浮かんでいる。

――なんで？

椎名とは初対面だ。

なのになぜ、こんなふうに罵声《ばせい》を浴びせかけられなければならないのだろう。

たまたま機嫌が悪かった……と考えるには、初対面時に和音が抱いた椎名の印象は悪くない……どころか、とてもよかった。名刺を差し出し自己紹介をしたときから、態度が変わったような気はしたが……。

「あの……セッティング終わりました…けど……」

カメラマンのアシスタントが、恐る恐る声をかけてくる。すると椎名は、今さっきまでの毒のある態度などどこへやら。インタビュー中とかわらぬ表情に戻って、悠然と腰を上げた。慣れた様子でカメラの前に進み出る。

「ポーズは？　立ちからでいいのかな？」

試し撮り用のポラを構えたカメラマンに問いながら、すでにその目はカメラを見据えていた。

ストロボの雨のなか、俳優・椎名サトルが、ミュージシャン・椎名サトルの顔を見せる。

その様子を呆然と見つめながら、和音は椎名に言われた言葉を、嚙み締めていた。


仕事は順調だ。

レッスンや京介《きょうすけ》に頼まれるアレンジの仕事との両立はなかなか大変だけれど、優秀なスタッフに恵まれているし、雑誌の売り上げも大幅にとは言わないが伸びている。大手雑誌社のネームバリューもあって、取材に困ることもない。

けれど、椎名が口にしたような噂——和音自身の編集者としての評価にかかわるようなものなど、耳にしたことはない。
和音は、編集者としてはまだ駆け出しだ。蓮沼《はすぬま》くらい実績があって、編集長とかそれなりの肩書を背負っているのならともかく、取材されたミュージシャンたちが、取材に立ち会っていた和音のことを特別気にかけることなどありえない。何度か顔を合わせればそれなりに親しくはなるが、それだって、彼らにしてみれば「顔見知りの編集さん」といった程度だろう。

その自分が、椎名にいったい何を……？

そもそも、椎名が自分のことを知っていたことのほうが謎だ。

あの口ぶりだと、椎名はインタビューで会う以前から和音を知っていたことになる。名刺を受け取って、名前と顔が一致したのだろう。

だが、あれだけ辛辣《しんらつ》なことを言われても、和音には椎名に対する憤りも嫌悪感もなかった。言われたことが図星すぎて、そっちのほうに落ち込んでしまう。

和音が椎名の存在を知ったのは、この仕事をはじめて結構経《た》ってからのことだ。芸能界にも世間の流行りにも疎い和音のこと。人気俳優なんて、ほとんど顔と名前が一致しない。それ以前にほとんど名前も知らない。

椎名のことは、もともとシンガーソングライターとしてデビューした経緯があったために、雑誌でさる特集を組んだときに名前が上がって、編プロのページ担当者に教えてもらったのがそもそも。そのときはじめて、テレビでよく見る俳優の名前が椎名サトルといって、実はミュージシャンなのだと知ったのだ。

今回の取材は、もうずっと音楽活動を休止させていた椎名がデビュー十周年を記念して久しぶりにアルバムをリリースすることになり、そのプロモーションを兼ねてのものだった。

シンガーとして鳴かず飛ばずだったデビュー当時はともかく、今や彼は人気俳優だ。

人気俳優・椎名サトルがCDをリリースする、というところがメディア的には重要なのであって、彼がもともとシンガーソングライターとしてデビューしていたという事実——つまりメロディーメーカーとしての一面を持っているというあたりは、記事の載る雑誌の多くが女性向けファッション誌や情報誌だからなのか、あまり注目されていない。

そのあたりの評価を覆《くつがえ》したいと考えたレコードメーカーが、音楽専門誌数誌に取材を持ちかけてきた。『J-hits』もそのなかの一誌だ。

ただのシンガーではなく、シンガーソングライター。その違いは大きい。昔の音源を聴いて、和音はすぐにそのサウンドの魅力に気づいた。

卓越したメロディーセンスと、素直な歌声。

あの当時の業界の流れ的には、たしかに売れなかったかもしれないが、もう数年がんばっていたら、彼のサウンドが認められる時代が来ていたことだろう。もしかすると、今ミュージックシーンのトップにいるのは、京介ではなく椎名だったかもしれない。

なのに椎名は、音楽活動をやめてしまった。

本人の希望だったのか事務所の方針だったのか当時の状況は知らないが、少し残念で、だからこそ今日の取材を楽しみにしていたのだ。

メーカーの意向を汲み取ったのもあったが、編集部の基本姿勢として、俳優・椎名サトルがCDを出す、のではなく、シンガーソングライター・椎名サトルの活動再開、という視点でインタビューに臨んだ。

椎名と同じような経歴の、俳優とミュージシャンの肩書を合わせ持つ存在はほかにも何人かいる。でも、それに追随する存在として扱うのではなく、椎名ならではの魅力を解き明かす、そういう趣旨の記事を組むことにしたのだ。

事前にマネジャーと打ち合わせをしたときから、向こうの感触はよかった。

椎名も乗り気でインタビューに応えていた。

和音もずっと耳を傾け、ときおり会話に加わっていた。たぶん他誌では引き出せなかっただろう話も飛び出して、双方にとってとても有意義な時間だった。

なのに……。

インタビュー中、和音が椎名と言葉を交わしたのは数えるほどだ。

そのわずかな会話のやりとりで、椎名は和音が付け焼き刃な知識しか持っていないことを見抜いたというのだろうか。

ドラマは、今現在放映中のものを、直前数回分の放映をチェックした。椎名の記事が載った雑誌を探して、今現在店頭で手に入るものは全部読んだし、もちろんデビューアルバムも聴いた。ほかの掲載アーティストの取材と比べても、これだけしておけば、事前勉強としては充分だったはずだ。

何か、間違ったことを言っただろうか？

それならまだいい。理由がはっきりしている。

もっと根本的な、仕事への姿勢に問題があるのだとしたら、今後のためにも考え直さなければならない。

こうした仕事は現場主義で、希望者も多い派手な業界だということもあってか、講座やHOWTO本も多く出版されているけれど、一度現場に立ったことのある人間の立場で言わせてもらえば、そんなものまったく役に立たない。実務経験があるのならともかく、机上《きじょう》の空論《くうろん》など、意味をなさないからだ。そんな頭でっかちに仕事を教えるくらいなら、和音のように呆れるほど畑違いで何も知らない人間のほうが、無駄な先入観がないぶん百倍マシだというのは、前任編集者の佐野《さの》女史の言葉だ。

和音が入社してから彼女が産休に入るまでのわずかな間に、佐野はさまざまなことを教えてくれた。けれど、マニュアル的なことは一切言わなかった。業界の慣例は教えてくれても、それがすべてだとは言わなかった。

同じ編集の仕事でも、音楽誌とファッション誌や情報誌などではずいぶん違う。業界そのものの雰囲気が違うから、編集者のタイプも違う。となれば、和音が当たり前だと思っていることでも、違う部分があるのかもしれない。

そのあとは、まるで何事もなかったかのように撮影は順調に進んで、椎名も何も言ってこなかった。性質の悪い言いがかりや当て擦りなら、もっとしつこく言い募ってくるはず。そう考えると、ますますもって椎名の言葉に込められた真意が理解できなくて、和音は頭を抱えてしまう。ちょっと機嫌が悪かっただけ。

そう考えて流してしまえばいいものを、それができないのが和音の和音たるところだ。

それに、なんだかそんな軽い口調でもなかったように思えて……。

——なんか、引っかかるんだよ……。

どういうわけか、あのときの椎名の表情が——苦しげに歪められた眉とか、つらそうな光を宿す瞳とか——忘れられないのだ。

それは、敵意剝き出しの負の感情をぶつけられたから、という理由ではない。もっと何か、和音の心に訴えかけてくる激しい感情があるように感じられたのだ。

取材される側にいる人間になら、もしかしてわかる部分があるのかも知れない。

そう思って、京介が籠っているレコーディングスタジオの近くまで足を運んできた。

「忙しいよね……」

携帯を手に、どうしようかと呟く。

仕事の邪魔はしたくない。

そのとき、通りに面したカフェのドアが開いて、何気なく視線を向けた。

特別何かを感じたわけではない。ただ物が動く気配に、自然と視線が行ってしまっただけのこと。

目にしたのは、男女のふたり連れ。

長身の主《ぬし》は京介。女性のほうは……、

——たしか……。

以前京介が主題歌とサントラを担当したドラマで主演していたアイドル女優だ。

ドラマ自体は、もうずいぶん前に終わっている。その打ち上げに呼ばれた話も聞いているが、京介は仕事を理由に断ったと言っていた。

スタッフサイドは呼ばないわけにもいかないと思って声をかけるのだろうが、そんな場所に撮影に加わっていない人間が出向いたところで、俳優たちの輪に入っていけるわけでなし、第一京介は、自ら望んでそうした交流を持ちたがるタイプではない。

顔繋ぎをしておいたほうが……と心配した和音に、京介は興味なさげにそう言っていたのだ。

だから、その女優とも、仕事上の付き合いとして面識があるとは思えない。

あり得ないとわかっていながらも、和音の胸を一瞬過《よぎ》る不安。

凍ったようにその場に足を止めてしまった和音の視線の先で、女優が京介の腕に自身のそれを絡みつかせる。

だが、その光景に息を呑んだ和音の不安が伝わったかのように、京介が迷惑そうな顔でそれを振り払うのが見えて、和音はわずかに肩の力を抜いた。

再び店のドアが開いて、もうひと組の男女が姿を現す。男のほうに見覚えはないが、女のほうは京介のマネジャーの緋佐子《ひさこ》だ。どうやら仕事の打ち合わせか何かだったらしい。

とはいえ、女優にだけは仕事以上の心積もりがある様子だが……。

タクシーを止めたマネジャーに急《せ》かされて、女優が渋々京介から腕を離す。走り去るタクシーを見送って、それまで愛想のいい表情を浮かべていた緋佐子が、腕組みをして眉間に皺を寄せた。

「なーにが、『偶然ですね〜』よ。白々しいったら」

毒づいて、京介を振り返る。

「――ったくもう、あんたもなんだかんだ言ってヒトがいいわね」

もっとハッキリ意思表示をしろと京介を諫《いさ》める口調は、母か姉のようだ。

咄嗟に、通りに張り出した店の看板の陰に身を潜めてしまった和音は、今さら声をかけることもできなくて、はしたないと自覚しつつもふたりの会話に耳を欹ててしまう。

「たしかに可愛い子だけど？　あんた、ああいうのが好みだっけ？」

京介は女優の腕を振り払っていた。

なのに、緋佐子はそんなふうに揶揄う。

「さ、戻るわよ。スケジュール詰まってるんだから」

「ヒト使い荒いな」

「これでもずいぶん調整したのよ。安売りしたくないから。とにかく、火のないところにも煙は立たされるんだから、気をつけなさい」

「わかってる」

スタジオ方面へ向かって歩きはじめたふたりの背に、和音は結局声をかけることができなかった。

ここは京介のマンションでも、外界から隔絶されたスタジオでもない。誰の目があるかもしれない大通りなのだ。でも……、
自分は編集者。

京介は、取材対象のミュージシャン。

声をかける理由はある。言い訳なら、いくらでも並べられる。いざとなったら、誤魔化すことは可能だ。

なのに、気にする必要などないはずなのに、どうしても足が踏み出せなかった。


こんなことを気にしていたら、これから先が思いやられる。

以前、京介の音楽仲間であるＴＡＫＵＹＡとの仲を誤解したときもそう反省した。

華やかな業界なのだ。甘い誘惑は、後を絶たない。

今や京介は日本で一番売れていると言っていいトップミュージシャンだ。京介の名を知らない

者など、ある年齢層に限って言えば皆無と言っていい状況。

京介の所属するレコードメーカーは、もともとはインディーズCDばかりを扱っていた小さな会社だった。それが今や、京介のおかげで古参の業界大手と肩を並べるほどに成長している。

所属事務所も似たような状況。京介が売れるまでは、小さな音楽事務所にすぎなかった。

移籍の話も引く手数多《あまた》。もちろん京介はそんな話にはまったく耳を貸さず、売れる前から面倒を見てくれた事務所もメーカーも、移る気などサラサラないようで、どんな金額を提示されたところで首を縦に振ることはない。

それでも諦め悪く京介を引き抜こうとする会社はある。それほど「愷京介」という商品からもたらされる利益は、莫大《ばくだい》なのだ。

だからこそ、和音は不安にならざるを得ない。

あのとき足を踏み出せなかったのは、京介と女優の関係を疑ったからではない。

緋佐子が口にした、「火のないところに……」という言葉に、ヒヤリとしたものを感じてしまったからだ。

相手が女優なら、ワイドショーのネタにされたところで、たいした問題はない。今どき、恋愛がらみのスキャンダルなど、スキャンダルでもなんでもない。

けれど、その相手が自分だったら……さすがにただでは済まないだろう。

以前、蓮沼にも忠告されたことがある。

危険を孕んだ関係だと。

そのときは、大丈夫だと……それでも一緒にいたいのだとハッキリ答えた和音だったのだが……。

椎名の一件で思考がマイナスになっているせいだろうか、考えなくてもいいことまで考えてしまう。

すぐにネガティブになるのが自分のいけないところ。

双子の妹の鈴音《すずね》にも、何度も何度も注意されている。

自分自身の悪いところというのは、他人に指摘されなければ気づけないものだが、気づけたからといって、直せるかどうかはまた別問題。

和音自身、できるだけ意識的に、「こんなんじゃダメだ」と自分を叱咤《しった》するようにしているのだが、一〇〇パーセント克服することは難しいだろう。

でも、たとえ少しずつでも、改善していくことはできるはずだと、日々そう言い聞かせているのに……自分の精神力の弱さを思い知らされた気がして、和音はきゅっと唇を噛み締めた。

2

言葉を発するより早く、広い胸に抱き締められた。

「単純にヤキモチを焼いてくれてるだけなら、嬉しいところだが……」

それだけではないのだろう？　と、やさしい眼差しが問う。

和音が暗い表情《かお》をしている理由が、女優との仲を誤解したからではなく、もっとほかに気を揉《も》むような何かがあったからだと、京介はすぐに気づいたらしい。

「ごめん……」

京介のやさしさに勇気づけられて、和音が口を開く。

意図的にそうしたわけではなかったが、和音の口から紡がれたのは椎名のことではなく、もう一方の問題だった。

「ちょっとだけ、疑っちゃった……」

すぐに、そんなことではダメだと自分に言い聞かせて、そんな不安など振り払うことができたけれど、そしたら今度は別の不安が湧いてしまった。

今まで目を背けていた、現実……。

しかし、それ以上言葉を紡げないでいる和音に、まずは目先の不安から取り除こうと思ったのか、京介のほうが口を開く。

「彼女が付き合ってるのは、俺じゃない」

「……？」

想像もしなかった言葉を返されて、和音は訝《いぶか》しげな顔で京介を見上げる。

「うちのスタッフだ」

「……スタッフ？」

「あのドラマの仕事で打ち合わせとかをしてるときに顔を合わせる機会があったらしくてな」

人気女優とぺーぺーの業界関係者とでは、京介の事務所側はよくても向こうの所属事務所はいい顔をしないだろう。

「彼女、二カ月なんだ」

「……？　赤ちゃん⁇」

「向こうの事務所もまだ知らないはずだ。今知られたら、堕ろせと言われる可能性もあるからな」

堕ろすこともできないくらいに切羽詰まってから、すべてをばらすつもりだということらしい。そうなれば、相手がバイトに毛の生えた程度の業界関係者だろうと、女優の所属事務所側も受け入れざるを得なくなる。

世間を騙《だま》そうとは思わない。事務所だけ欺《あざむ》ければ……だから、あのとき一緒にいた彼女のマネジャーは、その事実を知らないのだという。多少はめを外そうが相手が愷京介なら…という打算が、言葉にせずとも働いているのがわかるから、緋佐子はいい顔をしていなかったのだ。

たまたまそのことを知ってしまって、特別口を挟む気はなかったが、世話になっているスタッフには幸せになってほしいから、京介なりにできる限りの協力はしてやりたいと思ったらしい。

「じゃあどうして彼女の腕を振り払ったの？」

「おまえが見てたから」

「……っ」

そういえば……帰宅するなり話の口火を切ったのは京介だった。和音は京介を責めたわけでも、探りを入れるような言葉を発したわけでもない。

そんなことにも気づかず、当たり前のように会話を交わしていた自分の鈍さに呆れて、和音は言葉を失ってしまった。

和音の驚いた表情が愛しくてたまらないという様子で、京介が目を細める。そして、大きな手で、和音の頬を包み込んだ。

「気づいて……？」

「あの場に怒鳴り込んできてくれるかと思ったのにな」

こういうときばかり饒舌になる男が、揶揄う言葉を口にする。

そんなことできるわけないのに軽く口の端に上らせる男が憎らしくて、和音は小さく睨み上げた。それから、少し不安になって尋ねる。

「そんな大事なこと……俺に話しちゃっていいの？」

「和音だから、だ」

和音だから、大切なことも話せる。

和音になら、あの場で京介の所有権を主張しても許されるのだと……。

その言葉に、泣きたいような気持ちにさせられて、和音は抱き込まれていた京介の胸から、わずかに身体を離した。

「……和音？」

睫を伏せた暗い表情の和音を訝って、京介が「まだ何か気にかかることでもあるのか？」と問う。仕事上の愚痴でも、レッスンのつらさでも、自分に話して楽になるのなら、いくらでも聞いてやると、その目が語っている。

ちょっと前に、互いに思ったことは溜め込まず、弱い部分も曝け出して支え合っていこうと、確認し合ったばかり。だというのに、自分がなぜあの場に行ったのか、このときの和音にはもうどうでもよくなってしまっていて、ただ目の前に突きつけられた現実を悲観することで精いっぱいな状態になってしまった。

「俺たちにも、隠《かく》れ蓑《みの》、必要かもね」

投《な》げ遣《や》りに呟いた言葉に、京介が眉根を寄せた。穏やかだった表情を強張らせ、和音の細い肩をぐっと掴んでくる。

「和音？」

「だって、俺たちじゃ、笑い話にもならないよ」

事務所の都合がどうであれ、男女なら世間は受け入れてくれる。そのときは好き勝手に騒いでも、それでもふたりが真剣なら、いつかは受け入れてくれるだろう。

けれど、男同士の自分たちでは、そうはいかない。

京介がブレイクしたときにも、似たような不安を抱いた。いや、常に和音の心には同質の不安が巣食っていた。

それが、自分も表現者として再スタートを切り、いつかは……と京介の隣に立つ自分の姿を想像できるようになって、途端に現実味を帯びて和音を襲いはじめたのだ。

そして、俯く和音を勇気づけようと京介が発した言葉に、しかし和音の不安感はより煽られる結果になってしまった。

「俺は、いつカミングアウトしてもいいと思ってる」

先ほどのような冗談口調ではない。

京介の眼差しに笑い飛ばせない真剣さを見て、和音はスーッと血が引いていくのを感じた。

その瞳の強さが、いつもはただただ和音を勇気づけ包み込んでくれる熱い眼差しが、今は、怖い。

「何…を……」

「世間なんか関係ない。俺は、和音さえいればいい」

——……っ!?

「何…言…って」

それは、京介の嘘偽りのない本心。

――『和音を手放すくらいなら、ほかに何も欲しいものはない。歌なんか、和音が聴いてくれれば、それでいいんだ！』

いつかも、そう言い切っていた。

トップに立つ者としての責任はある。それを簡単に棄てることはできない。

そんなことは当然わかっているけれど、でも、それでも、自分が歌う意味は和音への愛にあるのだと、男は言い切るのだ。

和音への愛を歌うことが、ミュージシャンとしての核《コア》なのだと。だから、それを否定する存在があったとしても、和音さえ自分を信じてくれれば構わないのだと……。

短い言葉のなかに潜む、怖いほどの想い。

「京介……、……っ」

力強い腕が、離れようとする和音を引き止める。

いつもの低く甘い声が、惜しげもなく和音への愛を紡ぐ。

何も考えず、世間など見ないで、愛を歌う男の歌声にだけ包まれて、その温かさに浸っていられたらどれほど幸せだろう。

だが、それが許されるほど世間は甘くない。

もっと現実を見なくては。理想論では生きていけない。

ずっとずっと一緒にいたいからこそ、もっと真剣に考えなくてはいけないことのはずなのに……。

「何を言われても、どれほどバッシングを受けても、構わない」

強がりでも虚勢でもない。本気の声。

何者をも恐れない、強く、そして穏やかな声。

その声が、和音を震え上がらせる。

よくない。

全然よくない。

「常識なんて……」

「関係あるよっ!!」

京介の言葉の先を遮って、力いっぱい叫んだ。

「……和音……？」

「関係なくなんかない！　全然よくないよ!!」

なんでもないことのように「カミングアウト」という単語を口にした京介に、眩しさとともに感じたひと言では説明のつかない激情。

嬉しさと、同時に襲った胸の奥が冷えていく感覚。

どうしてそんな確固とした自分自身を持ちつづけていられるのか……自分はこんなに不安だというのに。

堂々巡りを繰り返している、自分ばかりが不甲斐ない。

こんな自分に、いつか本当に京介の隣に並べる日が、果たして訪れるのだろうか。

「京介には、俺の気持ちなんてわからない」

「和音？」

強い男には、弱い人間の不安など、理解できない。きっと。

何を言っても、どんなに訴えても。

「京介にはわからない‼」

腕を振り払い背を向けようとして、しかし肩を掴まれ引き戻された。

「和音」

なんとか宥めようと、困惑げな声が呼ぶ。それさえも、今の和音には逆効果だった。

「離……っ」

「和音！」

強い力で抱き込まれて、いつもならウットリとその腕に身を任せてしまえるところが、今日はダメだった。

なのに京介は、いつもどおり身体から宥めようとする。

素直になれない和音にその想いの深さを知らしめるように、熱く激しく抱き締めようとする。

けれど今日は違う。

いつものようにただ素直になれなくて、マイナス思考になっているだけではない。

和音の不安は恐怖にも繋がっていて、京介の激しすぎるほどの愛情をその身体にぶつけられればぶつけられるほど、不安は増していくのだ。

「い…や―――っ」

悲鳴にも似た抵抗の声と、パシッと空気を引き裂くような甲高い音。

がむしゃらに腕を振り回した拍子に自分の手が京介の頬を叩いてしまったことに気づいて、ハッと顔を上げた。

「あ……」

視線の先では、驚きに目を瞠った男が、呆然と自分を見つめている。

その視線に耐え切れず、和音は身を翻《ひるがえ》した。

「和音⁉」

呼ぶ声にも振り返らず、エレベーターに飛び込んで気が狂ったように「閉」ボタンを押す。マンションを出て通りでタクシーを拾ってやっと、酸素不足に眩暈を覚えた。

シートに沈み込んで、ガクガクと震える身体を抱き締める。ミラー越しに運転手が怪訝な眼差しを向けてきたけれど、今の和音にとってはどうでもいいことだった。

鈴音に電話する気にもなれず、もちろん曽我部に弱音を吐くわけにもいかない。いつも明るく元気づけてくれるTAKUYAは地方公演の真っ最中。

誰に泣きつくこともできず、それ以前に、常に誰かに頼ろうとする自分に嫌悪を催して、気持ち悪くてしかたない。

マンションに着くワンメーターほど前でタクシーを降り、トボトボと夜の街を歩いていたとき、携帯が鳴った。

相手を確認して、慌てて通話ボタンを押す。

手が離せなければかけ直すからと、時間の読めない仕事をしている者同士ゆえの気遣う言葉に首を横に振ると、蓮沼はいつもの調子で用件を切り出してきた。

『椎名サトルのことだけど……「J‐hIts」でも取材したって聞いてね』

出された名前に、思わず固まってしまう。

それでもなんとか平静を保って返したつもりだったのだが、人生経験抱負な業界の先輩には、そんなものは通じなかった。

取材での一件が、すでに耳に入っているらしい。

だが、いくらなんでも早すぎる。

――蓮沼さん?

男の声に、何か引っかかるものを感じる。

『ゆっくり話をさせてくれないか』

そう言われて指定されたのは、蓮沼の自宅だった。

3

蓮沼の自宅で和音を待っていたのは、思いも寄らない人物だった。

「……椎名さ…ん？」

取材のときよりずっとラフな恰好《かっこう》をしているが、椎名サトルに間違いない。

どうして？　と和音が尋ねるより早く、蓮沼が口を開いた。

「椎名くん」

何かを促すような呼び声に、しかし椎名は無反応。リビングのソファにドッカリと腰を下ろし、腕組みをした恰好でそっぽを向いている。

「あの……？」

状況が見えなくて、蓮沼に視線を向けると、やれやれと肩を竦めて、

「どうぞ。紅茶でいいかな？」

突っ立っていないで腰を下ろすようにと促してきた。

和音がソファに腰を下ろしたのとほぼ同時に、今度は椎名が腰を上げて、そのまま背を向けようとして蓮沼に止められる。

「椎名くん」

「帰る」

「話がある」

「俺にはないね」

「惺《さとる》！」

強い口調で呼ばれて、椎名はビクリと肩を揺らし、口を噤んだ。

ふたりのやりとりを、和音は黙って見ているより方法がない。口を挟む隙もなくて、蓮沼に肩を押されて椎名が再びソファに腰を戻すのを、息を詰めて見守る。

横柄な態度でソファに沈み込んで、ほぼ真っ正面に腰かける和音にチラリと視線を寄越して……しかしすぐに逸《そ》らしてしまった。いかにも和音が気に食わないとでも言うように。

インタビューのときの椎名の態度が、和音個人への攻撃であったことはハッキリしている。いかに鈍い和音でも、気づかないわけがない露骨さだった。

そして今も……あからさまな敵意を向けられて、でも和音には、首を傾げることさえできない。

椎名サトルというタレントの存在は、インタビューの話が持ち上がるまでは、芸能界にとことん疎い和音にとって——さすがにミュージシャンに関してはこの仕事をはじめてからかなり詳しくなったのだが——本当にテレビや雑誌でよく見かける人、という程度の認識だった。

もしかして、それが何気ない言葉の端々から伝わって、椎名のプライドを傷つけてしまったのだろうか。だが、業界歴も長い椎名のこと、その程度でこんな態度を取るなんて考えられない。

「すまなかったね」

「……え？」

和音の前にティーカップを置きながら、蓮沼が詫びる。しかし、いったい何を謝られているのか、和音にはわからない。

すると、椎名が我慢ならないという口調で割って入ってきた。

「なんであんたが謝るんだよっ」

そのひと言で、蓮沼が、先日のインタビュー時の椎名の和音への態度のことを詫びているのだと気がついた。

「井崎《いさき》さんから聞いてね」

井崎というのは、椎名の取材で撮影をお願いしていたカメラマンだ。この業界では名が通った人物で、MUSEのオフィシャルカメラマンでもある。各誌から引っぱりだこだから、蓮沼もよく知っているのだろう。

「いえ……それは……」

「本当のこと言っただけだ」

当たり障りのない返答をしようとした和音の言葉を、椎名が遮る。

「あんたがベタ褒めだからどんなものかと思ったら……」

「惺」

「ま、売れもしない新人に肩入れして赤字出してたような元ディレクターの言うこと、真に受けた俺がバカだったってことだよな」

つまり椎名は、蓮沼から事前に和音の話を聞いていて、あの日の取材時に和音と多くはなかったにしろ言葉を交わし、蓮沼が口にした評価に納得がいかなかったということらしい。

「私は、いつだって嘘を言ったことはない」

「なんだって？」

「君の才能を信じたのも、杉浦くんを編集者として高く評価しているのも、全部本当だ」

椎名が、ギリッと奥歯を噛み締める。

そして、蓮沼からも視線を背けてしまった。

そんな椎名の態度に今一度嘆息して、蓮沼が和音に微笑みかける。

「悪かったね、嫌な思いをさせてしまって。実はうちでも椎名くんの取材をしてね。そのときに『Ｊ-ｈｉｔｓ』でも取材を受けることになってるってマネジャーから聞いたものだから、つい……」

蓮沼は、よかれと思って和音のことを口にしたのだろう。

知っている人間の名前が出れば、会話のきっかけにもなる。きっと場も和《なご》んでインタビューも撮影もスムーズに進むだろうと……気を遣ってくれたのだ。

ただ椎名のほうに、蓮沼ほど割り切れていない、何かがあっただけのこと……。

「とてもいいインタビューが取れましたから。きっといい記事に仕上がると思います」

気にしていないからと、和音もニッコリと微笑み返す。

社交辞令を真に受けるほど単純ではないけれど、蓮沼はおべっかを使ったりしないし、悪いところは悪いとハッキリ言う人物だ。

その蓮沼が口にした評価は、自分が自分に自信を持つための、材料にしていいもののはず。未熟なのは今さら。言われるまでもなく真実で、だったらひとつひとつクリアして、成長していけばいいだけのこと。

もし次にまた椎名を取材する機会があれば、そのときには和音が直接インタビューできるくらいに、なっていればいいのだ。

だが……気を遣ってくれる蓮沼の思いやり以上に、刺々《とげとげ》しい態度の奥に隠された椎名の感情のほうが、どういうわけか伝わってくるような気がして、和音は胸が小さな痛みを訴えるのを感じる。椎名は苦しんで……いや、哀しんでいる？　そんな気が……？

「素直じゃないだけで、悪いやつじゃないんだ。だから……」

そのとき、蓮沼の言葉を遮るように椎名が声を上げた。

「いいかげんにしろよ!!」

ソファの端に置かれていたクッションを摑んで、蓮沼に投げつける。

「あんたはいつだってそうやって誰にでもやさしくて……っ」

「惺……」

「嘘ばっかりだ！　大人ぶってやさしい振りして！　口先だけじゃないか!!」

椎名の罵声を、蓮沼は黙って浴びつづける。まるで、そうするのが当然だとでもいうように。

なんの言葉も返してこない蓮沼の態度に何を感じたのか、睨みつけていた瞳をスッと逸らすと、椎名は諦めた口調で吐き棄てた。

「十年も経ってりゃ何か変わってるかもしれないなんて……思った俺がバカだったよ!!」

「惺……!」

フイッと顔を背ける瞬間、和音は椎名の瞳に涙の雫が溜まっていることに気がついた。

「椎名さん! 待って――……」

「杉浦くん、いいんだ!」

追い縋ろうとした和音を、蓮沼が引き止める。

ふたりの間に何があったのかなどわからない。それでもひとつだけわかっていることがある。

それは、椎名の和音に対する刺々しい態度のわけ。

椎名は……。

「椎名さん、俺は……」

「杉浦くん!」

和音が何を言おうとしているのか、咄嗟に気づいた蓮沼が和音を止める。

「いいんです、俺は……」

蓮沼の腕を振り払って、椎名のジャケットを掴んだ。

「椎名さん、聞いてっ」

「離せよっ、お邪魔虫は消えるって言ってんだよっ」

わずかに赤くなった目尻《めじり》を隠すように、椎名がぶっきらぼうな口調で言う。けれど、乱暴に和音を振り払ったりはしない。

悪い人じゃない。

和音は、確信していた。

「椎名さん、違います！　蓮沼さんにはお世話になってるけど……」

「杉浦くん、いいから……」

京介の口からその言葉を聞いたときには、足を掬われるような恐怖を感じた。

受け入れられなくて、拒絶して、逃げ出してきた。

でも今は、怖いとは思わなかった。

「俺…は、愷京介《かいきょうすけ》と付き合ってるんです……っ！」

「……っ!?」

和音の腕を払おうとしていた椎名の動きが止まる。唖然とした眼差しで和音を見下ろして、驚きに息を詰めている。

「だから……っ、そ…の……」

全部誤解だと、言うつもりだった。

椎名は、自分と蓮沼の仲を誤解してる。

だから和音のことが気に食わなくて、スタッフ受けもすこぶるいいと評判の椎名らしからぬ態度を、取ってしまったのだ。

張り詰めた空気。

静寂。

それを破ったのは、椎名の、どこか舞台染みた笑い声だった。

「バカじゃねぇの？」

「……え？」

辛辣な言葉に顔を上げると、そこには苦しげに眉根を寄せた椎名の、整った相貌《かお》。

「うまくいくわけないだろ」

罵られているのは和音のほうなのに、言っている椎名のほうがずっと苦しそうに見える。

「椎名…さん？」

「どうせつづきゃしねぇよっ。少しずつ気づかないところから歪《ひずみ》が生まれて、あっという間に手遅れさっ」

それは、いつだったか蓮沼が口にしたのと同じセリフ。

――『今はいい。だがそのうち、わずかずつだが歪みが生じてくる。そうなったらもう、遅いんだよ』

蓮沼と知り合って間もないころ、和音と京介の関係に鋭く気づいた蓮沼が、おどけたセリフに隠すように言った言葉。

ただの忠告ではなかった。言葉の奥に隠された翳りの存在。

それは……。

――『君がもう少し冷静な目を持つことができれば、君たちは互いに高め合っていける』

それは本当に、和音と京介に向けた言葉だったのだろうか。言葉の奥に悔やむような響きがあったのは、和音の気のせいではない。あのときたしかに和音は、蓮沼の言葉の端々に、解せぬ何かを感じていた。

──『……それが少し妬けたのかもしれないな』

そう呟いた蓮沼の胸の奥にあったのは……その場所に住みつづけている存在は……。

──ふたりはまだ……？

間違いない。ふたりは今でも互いを想い合っている。

なのにすれ違って、こんなふうに傷つけ合って……そんなの、哀しい。

「どうして？」

自分に、こんなことを言う権利などないとわかっている。

「……なに？」

自分だって、怖くなって逃げ出してきたくせに。

でも、だからこそ、言わなきゃいけないと思った。言わなきゃ、引き止めなきゃ、絶対に後悔する。自分も──そして椎名も。

「どうしてそんな……自分の気持ちを否定してしまうんですか？　ずっと大事に抱えていたんじゃないんですか!?　なのに……！」

「黙れよ!!」

怒鳴られて、咄嗟に口を噤んでしまった。

「おまえに何がわかる？　あんなに愛されてるおまえに——……っ」

——……!!

一瞬、和音の肩越し、背後の蓮沼に視線を投げて、椎名が身を翻す。

ドアの閉まる激しい音を耳にしてやっと、和音は我に返った。

「蓮沼さん!?」

蓮沼は、椎名が出て行ったドアを見つめたまま、動かない。

「追いかけて！　どうして……っ」

どうして追いかけないのか。

蓮沼だって、椎名と同じ想いのはずなのに……っ！

「蓮沼さん!!」

肩を喘がせる和音に、薄く微笑んで、蓮沼は背を向けてしまう。その足は、椎名が出て行ったリビングのドアとは反対側のキッチンに向かおうとしていた。

「どうして……!?」

「みっともないところを見せてしまったな。彼に謝らせようと思っただけだったんだが……」

「嘘です！」

和音の鋭い声に、紅茶を淹《い》れ直そうとケトルに伸ばされた蓮沼の手が、ピクリと反応する。

たしかに、取材の一件を耳にして、椎名に謝らせようと思ったのは本当だったのかもしれない。

でもわざわざ和音をここに呼んだ理由は、それだけではなかったはずだ。

停滞した空気を、破るきっかけが欲しかったのではないのか。

再会に、胸が疼《いた》んだのではなかったのか。

かわらぬ想いを抱えたまま、同じ場所に立ち止まったままの自分に、気づいたのではなかったのか。

自分で役に立てるのなら、少々利用されるくらいなんでもない。けれど、蓮沼の態度には、納得できないことだらけだ。

「……過去のことだよ。全部」

「でも……椎名さんは……」

つづけようとした言葉は、蓮沼に制される。

これ以上この問答を繰り返す気はないという拒絶がはっきりと窺えるその態度に、和音もそれ以上は追及できなくなってしまった。

自分が口を挟むべき問題ではないかもしれない。

椎名は「十年も」と言っていた。長い時間だ。

ふたりの間には、長すぎるすれ違ってしまった時間と、その間に修正されるどころか手をつけられることすらなかったのだろう過去の傷《いた》みが、深い溝となって横たわっている。和音には、そう感じられた。

と同時に、自分の本心が露呈して、驚くやら呆れるやら。

咄嗟のこととはいえ、自分が信じられない。

京介には、「イヤだ」「ダメだ」と、半泣きで訴えたくせに。

常識を口にしながら、本心ではすべてを棄ててもいいと思っている。心の奥底に沈んでいたのは、恐ろしいほどの独占欲と見苦しいほどの優越感。

本心を隠す理性の存在は、ときとして障害にしかなり得ないのかもしれない。

「時間を取らせて悪かったね。彼がご機嫌を損ねるようだったら私が弁明するけど……逆効果になりそうかな？」

「そんなこと……」

言いかけて、和音は言葉を切り、口許に苦笑を浮かべた。

「いいんです。どうせ喧嘩したばっかりでしたから」

その言葉に、蓮沼が「おやおや」と肩を竦める。

「でも、おかげで吹っ切れました」

椎名に言われた言葉で編集者としての自分のスタンスに不安を覚え、それが原因で京介の想いを受け止めきれなくなって、逃げてきてしまった。

なのに、

――『おまえに何がわかる？　あんなに愛されてるおまえに――……っ』

椎名が迸《ほとばし》らせた言葉に対して抱いたのは、恐怖ではなく歓喜。

京介が歌うのは和音への愛なのだと、椎名は咄嗟に理解した――咄嗟に、椎名に理解させてしまったほどの愛情を、自分は注がれているのだ。

椎名は、京介と面識はないはず。つまりは、テレビやラジオから流れてくるサウンドだけで、彼は咄嗟にそう感じたということだ。

「次の取材でひと言も喋ってくれなかったらどうしよう?」

おどけた口調で言われて、和音は思わず噴き出してしまう。

京介ならやりかねない。

それでなくても、『Visual Date』の取材のときは大変なのだと、緋佐子からもう何度も愚痴られているというのに。

「笑いごとじゃないんだけど?」

「すみません。でも、本当にやりそうで……」

「手のかかるボーヤだな」

苦労するね、と笑われて、和音はうっすらと頬を染めながら首を横に振る。そんな京介だからこそ、こんなに愛しいのだ。

椎名を宥めようとしたとき、京介との関係を暴露するのに、和音は戸惑いも不安も感じなかった。躊躇うことなく、京介の名を口にすることができた。

その事実だけで、充分すぎる。

「あいつの言ったことなら気にしなくていい。拗ねて本心と逆のことを言ってるだけだ」

椎名の性格を熟知していることが窺えるセリフ。

和音が何か言いたそうな顔をしたのがわかったのか、蓮沼が苦笑とともにそれを遮る。これ以上は勘弁してくれと、その目が訴えていた。

「蓮沼さん……」

「もう少し若かったら、理性も分別も棄ててしまえたのかもしれないね」

そう呟いた男の横顔に浮かぶのは……、

――後悔？

けれど当然のことながら、それを蓮沼に問うことなど、できるわけがなかった。

4

京介のマンションに行こうとして、思い立って自宅に足を向けた。

案の定、いつかと同様、和音の部屋のドアに背をあずけ、長身の影が佇んでいる。

ゆっくり歩み寄って、鍵を開け、無言のまま男を招き入れる。部屋の灯りをつけて、やっと背後の男を振り返った。

「明日、合鍵つくりに行ってくるね」

この部屋の鍵を渡せないでいたのも、もしかしたら本人さえ気づかない不安の表れだったのかもしれない。だから、なんだかんだと言い訳を並べ立てて、今日まできてしまった。

「和音……」

「俺が女の子だったら、こんなことで悩まなくていいのにね」

男として生まれたことを、後悔しているわけではない。

ただ、なんとなく詫びたい気持ちに駆られて、つい口走ってしまった。

それを聞いた京介の表情が、見る見る険しいものへ変化する。そして、低い声で唸るように呟いた。

「ありえない」

「……京介？」

「和音は和音だから、意味があるんだ」

杉浦和音という存在を構成する上で、男として生を受けたこともまた、重要な要素のはず。

「和音のすべてを俺は愛してるんだ」

「京…介……」

掠れた声が、喉の奥で絡まって、うまく言葉が紡げない。大きな瞳を揺らす和音をその瞳に映して、京介も厳しい表情を解いた。

「もうちょっと素直に妬《や》いてくれ」

和音の細い背をぎゅっと抱き締めて、京介が大きな溜息をつく。

「だって……っ」

「すまない」

「京介？」

なんだか今日は、謝られてばかりだ。

「俺は和音を泣かせてばかりいる」

似合わぬ弱気な言葉に、和音が驚いた顔を上げる。京介が自分の行動を卑下することなど、今までなかった。

「弱いのは俺のほうだ」

た。


「京介……？」

「和音がいなければ歌えない」

そんな弱い人間なのだと、京介が自嘲気味に呟く。それまでいったいどうやって曲をつくりステージに立って歌っていたのか、もはや思い出せないほど、和音の存在に依存している自分。そんな自分を見せたくなくて、カッコばかりつけていた。

それではダメなのだと、ついこの間も、鈴音とTAKUYAに叱られたばかりだ。

「和音のいない世界なんて、もう考えられない」

「京介……」

「和音がいないと、もう歌えないんだ」

いつもの、真顔では聞くのも恥ずかしいセリフの数々。

けれど、それが京介らしくて、和音はやっと笑顔を浮かべた。眦《まなじり》に溜まっていた涙がその拍子に零れ落ちて、和音がそれを拭おうとするより早く、京介の唇が頬に落ちてくる。

頬に、眦に、瞼に、キスの雨。

それから、薄く開いた唇にも。

「京介……」

熱くなった身体を擦り寄せ、広い背をぎゅっと抱き返す。

「何があっても、俺はおまえを手放さない」

耳朶に落とされる、熱い囁き。

世界中が敵になっても、京介は和音の手を離しはしないだろう。

深すぎる愛情に戸惑いを覚えたこともあったけれど、それでも和音は京介とともにあることを選んだのだ。

京介という存在があったからこそ、和音は再びピアノと向き合うことができるようになった。

それが何よりも大切な真実。

「俺も……」

もう、京介なしでは生きられない。


熱い肌が戦慄いて、奥へ入り込む男を誘う。

はじめはただ翻弄されるばかりだったこうした行為も、身体が受け入れることに慣れはじめたころから、男の表情を窺う余裕も出てきた。とはいえ、激しく突き上げられる前の、互いの熱を昂め合っているほんのわずかな間だけだけれど。

「京…介……っ」

ジワジワと、危うい場所を犯す熱。

「あ…あ……っ」

ピッタリと合わさった肌から、男の鼓動が伝わってくる。もちろん、深く繋がった敏感な場所からも。

男の熱を包み込むように、内壁が蠢《うごめ》く。

淫らな伸縮を繰り返して、愛しい欲望に絡みついていく。

自身の肉体の反応が如実にわかって、和音が羞恥に頬を染める。すでに涙の滲んだ眦に新たな涙を浮かべて、気恥ずかしげに視線を彷徨《さまよ》わせた。

「和音のなか、熱いな」

「バ…カッ」

濡れた瞳で睨むと、その淫蕩《いんとう》な表情に煽られたのか、根元まで突き入れられた京介自身がドクンと脈打つのがわかった。

弱い場所を抉《えぐ》られて、白い喉を仰《の》け反《ぞ》らせ、掠れた声を上げる。

「や、ぁっ」

深い喜悦に犯されて、徐々に徐々に脳髄が蕩けはじめる。

細い身体が、淫蕩な熱に乱れ堕ちていく。

端正な相貌に意地悪い笑みを浮かべながらその様子を観察していた男が、わずかに目を眇め、くっと口許を引き締めた。

和音の痴態に煽られて、さらに深く腰を進めてくる。

「あ…ぁっ、も…ムリ……っ」

圧迫感を感じるほど奥まで犯されて、次に寂しさを感じるほどギリギリまで引き抜かれる。はじめゆっくりだった抽挿がやがて激しさを増していって、気づいたときには、甘く掠れた声を上げながら、その狭間にただひたすら男の名を呼ぶばかりになっていた。

「きょ…す、け、京…介……っ」

細い腰を、乱暴に揺さぶられる。

それでも壊れたりはしない。

与えられるものを柔軟に受け止めて、普段のおとなしい和音からは想像もつかないほど淫らな声を上げる。

「きょ…すけ、奥…あつ、い……っ」

広い背に縋りついて、しがみついた屈強な肩に爪を立てて、迸るのは、声にならない喘ぎ。

「和音……っ」

滾る欲情を隠そうともしない、けれど低く甘い声が呼び返してくれる。

逞しい腕が、堕ちそうになる身体を支えてくれる。

一瞬白んだ意識下で、男の呼ぶ声に引き戻されて、和音は瞼を上げる。

その拍子に、長い睫に溜まった雫が零れ落ちて、頬を伝ったそれを男がやさしいキスで吸い取ってくれた。

互いの存在さえあれば、何もいらない。

そんな夢見がちな甘い考えで、生きていけるわけではないことくらい、和音も、もちろん京介も知っている。

知っているからこそ、口にできる重い言葉。

甘い言葉と、裏腹、現実を知るまっすぐな眼差し。

夢を追い求めるのは子どものの純真さ。

その奥には、厳しい現実にも傷つかない強かさが隠れている。

けれど、互いの熱だけを感じて、その熱さに浮かされている今だけは、その瞳に愛しい存在だけを映して、そんな甘いことを考えていても罰《ばち》は当たらないはず。

「愛してる」

もう何度告げたか知れない言葉。

それでも足りないと思ってしまう。

言葉では足りなくて、身体を繋げて、それでもまだ足りなくて、愛の歌詞《うた》を紡ぐのだ。

「いつか……」

「和音？」

――いつか、誰憚《はばか》ることなく、この想いを口にしたい。

言い淀んで、それでもまっすぐな眼差しを向ける和音に、京介が微笑む。

「当分は、歌詞《うた》だけで我慢するさ」

口づけとともに返されたセリフに目を瞠って、しかし次の瞬間には、和音は甘苦しい幸福のなか、悦楽の波に攫《さら》われていた。

5

社内には、さまざまな資料雑誌や書籍が大量にストックされている。同業他誌の掲載内容を細かくチェックするのも、大事な仕事のうちのひとつだ。

『Visual Date』の最新号が届いて、和音は真っ先に椎名サトルの記事ページを開いた。

シンガーソングライター・椎名サトルという視点で特集を組んでいるところは『J-hits』と変わらないが、基本的に雑誌の傾向が違うから、やはり記事のイメージは全然違うものに仕上がっている。

写真もとてもいい。

テレビでは見られない椎名サトルの姿が、新鮮に写し出されている。

しかし和音が驚いたのは、写真やインタビューの内容ではなかった。

「これ……蓮沼さんの原稿？」

編集長の蓮沼が記名原稿を寄せるなんて、あまりないことだ。

短いコラム。

インタビューとはまったく違う視点で、シンガーソングライターとしての椎名サトルを分析している。

その記事を読んで、和音は胸の奥が温かくなるのを感じた。

あのあと、蓮沼の口から椎名の名が語られることはなかった。当然、和音のほうから話を持ち出すこともできなくて、バタバタしているうちに校了を迎え、あっという間に記事の載った最新号が店頭に並ぶ時期になってしまったのだ。

この原稿は、あのとき――和音が蓮沼のマンションに呼び出されたときには、もう書かれていたのだろうか。それとも校了間際に突っ込んだのだろうか。

聞いてみたい気がしたけれど、蓮沼か……もしくは椎名からなんらかの言葉が聞けるまで、待ってみようと思った。

そのときにはきっと、ふたりとも笑っていてくれるだろうから……。

整理していた郵便物のなかに、椎名のスペシャルライヴのＩＮＶＩＴＡＴＩＯＮ《招待状》を見つける。メーカーから送られてきたものだ。

日にちを確認してスケジュール帳に予定を追加して、この日、和音はいつもより少しだけ早く退社した。

レッスン時間を、少しでも多く確保するために。

蓮沼に、椎名に、顔向けできないようなことはしたくない。

ふたりが経験した痛みも苦しみも、他人事《ひとごと》ではありえない。

歪《ひずみ》を生まないように、深い愛情で結ばれた関係を、いつの間にか歪《ゆが》めてしまわないように。

まっすぐな気持ちでピアノに向かっていれば、きっと大丈夫。


京介がシャワーを浴びている隙にと、会社宛に届けられた封筒の封を切った。待ち合わせ時間に遅れそうになって、慌ててバッグに突っ込んできたものだ。

同封されていたのは、コンサートの招待チケットとＦＡＸ。

どうやら、ヨーロッパをまわっている途中のホテルから送信されたものらしい。それを日本のオフィスで受信して同封してくれたものだろう。

わざわざワンクッション置かなくても直接連絡を寄越せばいいのに、招待チケットに添える手紙を書いてくれたのだ。

「こーゆー妙なトコ、律儀なんだから、曽我部は」

郵便は、日本ツアーが決まって近々帰国する予定になっている、曽我部の所属事務所から送られてきたもの。「無駄になるだろうが」と前置きして、京介の分と二枚、特等席を用意してくれた。

「絶対無駄になるよ……」

高いチケットなのに勿体無い……と呟いたとき、うしろからにゅっと腕が伸びてきて、封筒ごと手にしていた手紙とチケットを奪われてしまった。

「京介!?」

文面をザッと斜め読みして、

「帰ってこなくていいと言っておけ」

ムスッと吐き捨てる。

「……あのねぇ」

いつもは、和音にはすこぶるやさしいのに、この態度。この口調。

もう、本当に手がかかるったらない。

椎名の一件のあったすぐあとくらいに曽我部から連絡があって、たまたまその話をしたら、

「杉浦は完璧を求めすぎる」と忠告された。

どういうことかと尋ねた和音に、曽我部は「意識レベルの低い人間なら、あれだけ弾ければピアノをやめていないはずだ」と返してきて、そんなものなのだろうかと、和音は首を傾げるしかなかった。

完璧を求めすぎるから、すぐに思い悩んでしまう。悩みすぎて、どんどんネガティブシンキングに陥る。ネガティブになって自分を卑下するから、ますます完璧を求めてしまう。その無限ループ。言われてみればまったくそのとおりで、返す言葉もない。

「手を抜くことを覚えたほうがいい」と忠告を受けて電話は切れたのだが、ついそのときのことを京介に話してしまって、ただでさえ和音が曽我部の名を口にすることすらいい顔をしない京介は、ますます意地を張って、あからさまなヤキモチを焼くようになってしまったのだ。

どうやら、自分が言いたかったセリフを曽我部に横取りされたのが気に入らなかったらしい。

そうは言われても、曽我部は大学時代の和音を知っているのだし、和音の挫折《ざせつ》をその目で見ていたのだから、張り合いようがないと思うのだが……そんなことを言ったが最後、延々拗ねそうで怖い。

そんな京介に、ここのところずっと手を焼いている和音が、呆れた表情《かお》で奪われたチケットに手を伸ばす。

「せっかく京介の分も送ってくれたのに」

「余計なことを」

「京介！　……ちょ…と、もう！　返してよ！」

即ゴミ箱に棄てかねない表情の京介から強引に奪い返して、バッグにしまう。

曽我部とは、「いつかは二台ピアノをやろう」と、約束しているのだ。

自分の音を「欲しい」と言ってくれた男に呆れられないためにも、いつまでもライバルだと言ってもらうためにも、がんばらなくてはならないのだ。

ひいては、京介のため。

京介と、ともに歩むため。

自分に自信を持つために、切磋琢磨《せっさたくま》していくために、同じジャンルで同じものを見つめるライバルの存在は、必要なものなのだ。

和音にとって曽我部は、ＭＵＳＥとも鈴音とも、もちろん京介とも違う。ＭＵＳＥにとっての京介の存在に、もしかしたら似ているのかもしれない。いつかの、TAKUYAの言葉を聞く限りは。

「和音？」

京介に背を向けたっきりの和音が、怒ってしまったと思ったのだろう。京介がうしろからそっと腰を抱き寄せてくる。

その手をピシャリ！　と叩き落とすと、すぐうしろで、男が息を呑むのがわかった。

「和音……」

「こんなときばっかり甘えたってダメ！」

和音に甘えることを覚えた男は、その使い道を間違って覚えているようで、こんなときばかり大きな身体で縋ってくる。

いつだったか和音が言ったのは、つらいときには弱音も吐いてほしい、自分もそれを聞けるだけの人間であるようにするから……という、もっと精神的な繋がりを説いたもののはずだったのに。

先日の喧嘩のときだって、翌朝は大変だった。

もともと和音が落ち込んでいた原因は、京介と女優の仲を誤解したことではなかったわけで……カフェ前での一連のやりとりを目撃するにいたった経緯を話すと、京介はあからさまに眉根を寄せて不機嫌になってしまった。椎名のことはともかく、和音が浮上して自分のもとに戻ってくる要因となったのが蓮沼だったことが気に入らないらしい。

猛然とヤキモチを焼いて、『Ｖｉｓｕａｌ Ｄａｔｅ』の取材では「何も喋らない」と言い出したのだ。

蓮沼との会話を思い出し、呆れて怒って嗜めて……それだけで半日終わってしまったほど。

曽我部のことといい、本当に手がかかる。

その上、最近になってヤキモチにどんどんどんどん拍車がかかってきているような気が……しなくもない。

「ちょ……、京介っ」

耳朶を擽《くすぐ》り、首筋に啄ばむようなキスを降らせながら、不埒な悪戯をしかけてくる。

「京…介っ」

背後の男を振り返って、赤くなった目尻をキッと吊り上げる。すると京介は、

「怒った顔も、可愛いな」

相変わらず、恥ずかしすぎる言葉で、和音から抵抗の気力を根こそぎ奪ってくれた。

「もうっ」

諦めて、男の腕のなか、身を捩り、逞しい首に腕をまわす。そのまま圧しかかってきそうになった男に、「ベッド」と隣の寝室を指差してみせた。

「俺のアルバムにクレジットされてるKAZUNEは何者だって、問い合わせが殺到してる」

あのあと、拗ねる京介を宥めるように求められるまま身体を拓《ひら》いて、散々淫らな声を上げさせられて。

和音が満たされた気持ちで京介の腕に抱かれていたように、京介もやっと平常心を取り戻したのか、本来帰宅してすぐに話すつもりだったのだろう話題を持ち出した。

「問い合わせ？」

腕の中からきょとんと返した和音に、京介が小さく笑う。

「ファンからはもちろんだが、業界関係者からも」

以前、京介の曲を、和音がピアノ・ソロ用にアレンジして演奏したドラマ主題歌。

作詞・作曲・演奏……基本的になんでもひとりでこなしてしまう京介の音楽活動において、唯一スタジオミュージシャンが参加しているアルバム。

和音のほかに、TAKUYAとKAORUもクラシックギターとチェロで参加しているのだが、正体が明かされていないのは、和音だけだ。

「実はリリース当初から問い合わせは多かったんだ」

それが、ここのところ、ファンからのもの以上に業界関係者からの問い合わせが事務所宛に多く入るようになって、事務所側もどう返答していいものか、困っているらしい。

KAZUNEの正体は、京介と、一緒にレコーディングに参加したTAKUYAとKAORU、それからレコードメーカーのディレクターとマネジャーの緋佐子、所属事務所社長の島津にしか知らせていない。レコーディングスタッフとは、顔は合わせているものの、それだけだ。

その後も、頼まれてアレンジは書いているけれど、それらは主《おも》にライヴ用。ＣＤレコーディングされたのは、あれだけだ。

「演奏はともかく、アレンジの仕事、本格的にしてみないか？」

「……本格的に……って……？」

京介の曲以外の制作に、携《たずさ》わるということだろうか。

演奏活動に関しては、和音が納得できなければ再開することはできないと京介もわかっているのだろう、今現在の様子を窺うような言葉も、京介は口にすることはない。それでもこうして、自分にできる協力を模索してくれる。常に和音のことを気にかけてくれる。

「オケもストリングスも、できるだろう？」

「それは……できるけど……」

「コーラスは？」

「……一応、書けるよ」

アレンジには、演奏とはまた違った才能が要求される。それぞれに得意分野があって、オーケストレーションからストリングス・アレンジ、さらにコーラス・アレンジまでできるアレンジャーは、実は意外と少ないのだ。

はじめは、和音の音色——曰く〝天使の音色〟——に惹かれた京介だったが、こうして付き合うようになって、和音には演奏のみならずアレンジの才能もあることに気がついた。だからこそ自分のアルバムでピアノ・ソロ・アレンジを依頼したのだが、そのクオリティーは、やはりわかる者にはわかる出来だったらしい。

　とはいえ、京介の曲だけならともかく、それ以外から仕事を受けるとなると、片手間には無理な話だ。雑誌編集の仕事は、それだけでも目がまわるほど忙しいのだから。

「少しずつはじめればいい。誠実に仕事をして、名前を覚えてもらえれば、次に繋がる」

「でも……」

「手はじめに、一曲やってみないか？」

「京介？」

　もしかして……。

「いい仕事だったから、受けてきた」

「……えぇ!?」

　和音が、もともと大きな瞳を、パチクリさせる。

「テレビCM用の音楽で、そんなに予算があるわけじゃないからギャラは安いが……」

「そんなの……っ」

　フルフルと、顔を横に振る。

「PD《著作権消滅》曲を何曲か、CMのパターンに合わせてアレンジして使うんだ。頼まれているのは十五秒と三十秒の二パターンだが、話題になればCD化も夢じゃない」

　それはさすがになかなか難しい話だろうが、それでも面白そうな仕事だった。

「ありがちと言えばありがちだけどな」

それには小さく笑って、コクンと頷く。でも、だからこそアレンジの出来如何《いかん》によって、ＣＭのクオリティーにも影響があるはずだ。

「ありがとう」

素直に、礼を言う。

「あとで資料、見せてもらってもいい？」

和音の言葉に、京介が満足げな笑みを浮かべる。けれど、次にずいっと顔を寄せてきて、耳元に囁いた。

「言葉だけか？」

「……っ、……もうっ」

真っ赤になった和音の肩を、京介が引き寄せる。何を求められているのか、わからないわけがない。

「和音？」

甘い声が耳朶を擽る。

頬を朱に染めながらも、京介の首にぎゅっと腕をまわして、和音は艶めく唇を寄せた。軽く触れていったん離れ、ぐっと腰を抱き寄せてきた京介に身体をあずけて、今度は深く合わせる。

「……んっ、ダメ…だよ、これ以上は……」

仕事の話をしようと思っていたのに、このまま第二ラウンドに突入してしまいそうだ。

けれど、京介は端《はな》からそのつもりだったらしく、やんわりと覆いかぶさってくる。

和音の表情を窺うように見下ろすやさしい双眸《そうぼう》。恋人のそんな顔を見ていたら、嫌だと言うこともできなくなって、和音は京介の頰にそっと指先を滑らせた。

「明日、朝から会議……」

内輪の打ち合わせ程度ならなんとでもなるが、定例会議だから出ないわけにいかない。

「無茶はしないさ」

「そんなこと言って……」

いまだかつて、聞き入れられたためしがないような気がするのは、絶対に和音の気のせいではない。

「来週からプロモーションだったよね」

新譜リリースに合わせたプロモーション活動のために、京介も来週から東京《とうきょう》と地方を行ったり来たり。かなりハードなスケジュールが組まれていたはず。和音もちょうど校了の時期で、わずかな隙間を縫って会う時間をつくることは難しそうだ。

「今どき、どこでも日帰りは可能だ」

「マネジャーさんのほうが可哀相だよ」

本人はよくても、そのハードスケジュールに付き合わされるスタッフはたまったものではない。

スタッフにしてみれば、地方のイベンターや放送局などが用意してくれる接待の席だって、楽しみのひとつのはずだ。

「毎晩連絡する」

自分の頬に伸ばされた和音の手を取り、その指先に口づけながら、甘い声が甘い言葉を囁く。

京介の仕事や身体を心配して「そんなに気を遣わなくていいのに」と、はじめのころは言っていた和音だが、今はもうただ黙って頷いて、「待ってる」とだけ返すことにしている。

和音がなんと言ったところで、京介がそうしたいと言うものは止められないと、すでに充分すぎるほど学んだからだ。

「……んっ」

馴染んだ重みが心地好い。まだ敏感に色づいたままの素肌に掌を這わせはじめた京介に倣《なら》うように、和音も京介の背に指先を這わす。

逞ましい筋肉の隆起をたしかめるように。

淡い口づけを交わしながら、徐々に徐々に互いの熱を昂めていく。

「京介」

「……ん？」

「大好き」

首まで朱に染めながら、精いっぱいの言葉を告げる。

それに返されたのは、熱い抱擁と悪戯なキス。耳朶を食《は》み、首筋を擽る愛撫の嵐に、和音が甘い声を上げる。

「そんな…とこ、見え…ちゃう…よっ」

際どい場所に執拗《しつよう》に繰り返される愛撫。そうしておけば、恥ずかしがり屋の和音がタートルのような首の上まで隠れる洋服しか着ないとわかっていて、京介はやっているのだ。

以前、少し大きめに襟ぐりの開いたカットソーを着ていたら、即座に上着を着せられてしまったことがあった。京介の意図に気づいて、笑うしかなかった自分。仕方なく、自分にはダブダブの京介のジャケットに袖《そで》を通しながら、笑いが止まらなくなってしまった和音に、京介も少しだけバツの悪そうな顔をしていた。

あからさまな束縛も嫉妬も、ただただ愛しい。

「愛してる」

臆面《おくめん》もなく告げられる愛の言葉。

「和音の全部……」

言おうとした唇を、和音が人差し指で止めた。

「全部、京介のものだよ」

微笑んで、自ら口づける。

それに驚いた表情を浮かべた男は、すぐに我に返って、可愛い言葉ばかりを紡ぐ唇を塞いでしまった。男の理性の箍《たが》はアッサリ外れて、和音の白い喉から嬌声《きょうせい》が迸る。

「無茶し…いって、…言った、の…にっ」

「和音が可愛いこと言うからだ」

「もう……っ」

いつものやりとりに、結局折れるのはいつも和音。

けれど、ベッドの上以外ではすっかり和音に勝てなくなっている男にとって、これくらいは許してほしいというのが本音で……耳に心地好い和音の啼《な》き声を聞きながら、その脳裏には恋人への熱～いラヴソングの新作が、滔々と流れていた。

Op.3

1

「和音《かずね》？」

上の空の和音に気づいて、京介《きょうすけ》がわずかに眉根を寄せる。

「どうした？」

わずかな心の逡巡《しゅんじゅん》に気づいてくれた恋人に、少しだけ驚いた顔をして、しかし和音は小さく首を振った。

「なんでもないよ。ごめん」

この状況で上の空だったなんて、忙しいなか時間を割いてくれている京介に失礼だ。しかしそんな和音の気遣いも、京介には不満だったらしい。

「忙しいのか？　疲れてるんなら、俺はこうしてるだけでもいいんだぞ？」

ベッドの上。組み敷いた和音の身体を抱き直して、うしろから抱き締める体勢を取る。首筋に数度口づけて、それから大きな手で乱れた髪を梳《す》いてくれた。

「京介……」

いつでも会えるふたりではない。大切な逢瀬《おうせ》を台無しにしてしまったことに気づいて和音が慌てた。

「ゴメン……」

京介のほうこそ、目もまわるほどに忙しいはずなのに。

「俺は融通がきくから平気だ」

ブレイク直後は秒刻みだったスケジュールも、緋佐子《ひさこ》の尽力でだいぶ落ち着いてきた。もともと仕事は選んでいたし、これからはもっともっと自分にプラスになるものだけを厳選してじっくりと創作活動に取り組んでいけるはずだ。

「組織に縛られる和音のほうが大変なはずだ」

「ありがと。……あの…ね……」

京介と抱き合うのが嫌なわけではない。むしろその逆で……でも、どうしても思考の片隅から考えごとが抜けないのだ。

「仕事……」

「？」

「忙しいのはいつものことだから……平気、なんだけど……」

どこでどうケリをつけていいのか。

再びかつての師匠のもとへレッスンに通いはじめてからずっと、和音は思い悩んでいるのだ。

このままでは、いずれどっちつかずになってしまいそうで……。

以前、蓮沼《はすぬま》に言われた。編集という仕事と向き合っていく覚悟はあるのだろう？　と。

あのときは、そのつもりだった。自分にはもう戻れる場所などないと思っていたから。

けれど……。

口を開きかけて、しかし京介は言葉を呑み込んだ。

「和音……」

その意味を、和音も理解している。

ここで京介が、和音の将来について助言することも、進路を指し示すことも容易い。だが、それではダメなのだ。

「ちゃんと考えて、自分で結論出すから。見守っててくれる？」

京介の腕の中、身体の向きを変えて、男の胸に額を寄せる。それから広い背に腕をまわして、先ほどの行為のつづきを暗にねだった。

「和音の納得できるようにすればいい」

再び圧しかかってきた男の重みにウットリと瞼を閉じて、和音は甘えるように京介の首に腕をまわす。

肌を啄ばむ唇の熱さと、敏感な場所をなぞる繊細な指先に、呼吸が上がりはじめる。濡れた吐息を零しはじめた唇を、首筋から耳朶、頬を伝って辿り着いた京介のそれが、やさしく包み込んだ。

羽根のようにやわらかな触れ合いが、性急な行為以上に和音の肌に切ない感覚を植えつける。先をねだるように男の首を引き寄せて、その耳元に、掠れた声で告げた。

「京介と一緒に歩んでいけるようになりたいから……」

だから、出さなくてはならない答えがある。

選ばなくてはならない岐路《きろ》がある。

「取り戻したいんだ」

あのときなくしたすべてのものを。

なくしたと、思い込んでしまっていた、自身の未来を。

「和音ならできる」

「ん…」

できる。できなければならない。

でも、一度腰を据えてしまった温かな場所は居心地が好くて、簡単に手放せそうにない。

社会的地位や保障という意味ではなく、周りの人々や仕事を通して得られるさまざまなもの。

そうした自分を取り巻くものすべてが、今となってはとても大切で……。

でも、両方なんて、それはできない相談だ。

だから、どこかで選ばなくてはならないのだ。

額に口づけが落とされる。

それに促されるままに瞼を閉じかけたとき、濃密な空気を引き裂くように、インターフォンが鳴った。

ふたりの休みが重なった、たまの休日《オフ》。

有意義に過ごすために、携帯はＯＦＦ、電話は留守電、誰にも邪魔されない時間を持とうとしていたのだが……。

「京介？」

インターフォンを無視しようとする気満々の京介を、和音が諌める。

「ちょ……、お客さん！」

「新聞の勧誘か何かだろ？」

セキュリティーの確保されたマンションに、新聞の勧誘など来るはずがない。もちろんセールスなど問題外。つまり、用のある人間しか訪ねてこないはずなのだ。

和音に肩を押されて、京介が渋々身体を離す。のろのろとベッドを出て、リビングの壁に設置されたインターフォンを取った。

「はい」

思いっきり不機嫌な声で応じた京介の耳に届いたのは、聞き慣れた、しかしここしばらく疎遠になってしまっていた慈《いと》しい人の声。

「母さん……」

京介が呟いた言葉にしたたか驚いて、和音は慌てて身を正す。

ややあってリビングに招き入れられたその人は、京介によく似ていた。

2

ピアノの前。赤鉛筆で楽譜に書き込みをしようとして、和音はふと手を止めた。そして、ここ何日かずっと頭に焼きついて離れない光景に、再び想いを馳《は》せる。

あの日、京介のマンションを訪ねてきたのは、今は再婚して別々に暮らしている京介の母親だった。

そういえば、今まで京介の口から家族に関する話を聞いたことはほとんどない。

両親の離婚とともに母親に引き取られることになって、通っていたピアノ教室をやめて引っ越したこと。

それからしばらくして母親が再婚して、けれど新しい父親とどうしてもうまくいかなくて家を出たこと。

高校を出て、親の反対を押し切り、インディーズで活動をはじめたこと。

そしてメジャーデビュー。

京介のこれまでを語るのに、必要最低限のことは話してくれたけれど、でもそれだけだ。

両親と連絡を取り合っている様子もなかったし、ライヴの関係者席にその姿を見たこともない。

京介がステージに立つことに反対しているのだろうと、和音もあまり突っ込んでは聞かないようにしていた。

その母親が、突然訪ねてきたのだ。

驚いた顔をしたのは、和音だけではなかった。京介も、対応に困っている様子で、でも追い返したりはしなかった。

ちょっと顔を見に来た……なんて状況ではないことくらいすぐに察しがつく。

邪魔をしてはいけないと思い、あいさつだけして帰ろうとした和音を、しかし京介が引き止めた。

さすがにその場でカミングアウトなどということはしなかったものの、あからさまな態度で和音を引き寄せ、自分の隣に座らせたのだ。

リビングのソファで恋人の母親と向き合うなんて、こんな心臓に悪いことはない。

しかも、突然のことでなんの心の準備もしていなかったのだ。和音はもう、煩《うるさ》く鳴る心臓を宥め賺《すか》し、膝の上でぎゅっと手を握り締めて、固くなっているよりなかった。

そして、はじめて知らされたのだ。

京介の義父が、和音も当然知っている大企業の社長だということを。

「もう一度、お義父さんと話し合ってくれないかしら」

親子関係がギクシャクしていることは知っていたが、これほど深刻だとは思わなかった。

和音自身、腕の怪我が原因でピアニストへの道を閉ざされたとき、和音をピアニストにさせたがっていた母親との間に修復不可能なほどの亀裂《きれつ》を生んでしまって、その溝を埋めるのに、ずいぶん長い時間を要した。

実の親子でもいろいろと難しいのだ。それが義理のとなったら、そう簡単にいくものではないだろう。

「まさか、まだ俺に会社を継げなんて言ってるわけじゃないだろ？」

日本の音楽シーンのトップに君臨する京介には、トップだからこその責任がある。

それには首を横に振って、

「会社のことはもういいの。でも……」

「簡単に言うんだな」

「京介……」

母の表情が、哀しげに翳る。

京介も、つい言ってしまったものの、ハッとした様子ですぐに口を噤んでしまった。

その様子から、京介が胸を痛めていることがヒシヒシと伝わってきて、和音はそっと京介のシャツの裾《すそ》を握り締めた。

「このマンション、近いうちに引き払わせてもらうよ」

「京介!?」

京介が暮らしているマンションは、高校時代、義父に買い与えてもらったものだ。義父とうまくいかなくなって、少し距離を置けば何か変わるかもしれないと、ここでひとり暮らしをはじめて、結局それっきり。何度も引っ越そうとして、そのたび母に宥められ、そのままズルズルと今まできてしまったのだ。

母にしてみれば、京介がここに住みつづけていることが、唯一の家族の繋がり――父子関係を修復するための命綱のように感じていたのだろう。

「手狭になったし、事務所からも、もっとセキュリティーのしっかりしたところに引っ越したほうがいいだろうって言われてるんだ」

わずかに残っていた親子の絆まで断ち切ろうとしているわけではないのだと、京介が言う。けれど、それが決して口実ではないと言い切れないものであることに、当然のことながら母は気づいているようだった。

「お義父さんも、あなたに申し訳ないことをしたって、後悔してるのよ。本当よ」

身を乗り出して訴える母の言葉を、京介は頷くでもなく、それでも黙って聞いていた。

また連絡するからと言い置いて母親が帰ったあとで、京介は和音をぎゅっと抱き締めて、義父と拗《こじ》れてしまった理由を教えてくれたのだ。

新しい父親との生活にも慣れはじめたころ、京介は再びピアノ教室に通いたいと申し出た。コンクールで一度だけ聴いた、和音の〝天使の音色〟が忘れられなかった。

ピアニストになれるほどの演奏力が、自分にあるとは思えなかった。ひと目で自分を虜《とりこ》にした〝天使〟の奏でる音色こそがそれにふさわしいものであって、自分がその道を目指すなど、おこがましいことだと感じた。

けれど、音楽を学びたかった。

以前通っていたピアノ教室で、作曲を教わったことがあった。どうやら自分に合っていたようで、その後も気の向くまま楽譜を書き溜めていた。

「まさか……」

「作曲科を受けようと思ったんだ」

京介が音大受験を考えていたことがあったなんて、初耳だ。

だが、義父は猛反対した。

子どもを持ったことのなかった義父は、息子ができたことをそれはそれは喜んでいた。〝跡取り〟という言葉は、ある程度の地位・財産を持つ者にとって、特別な意味があるのだろう。自身が築き上げたものを、信頼のおける誰かに受け継いでほしいと望むことは、なんら特別なことではない。

義父は京介に経済を学ばせようとした。

卒業後は自分の片腕として、いずれはすべてを譲るために。

父親になれた喜びに舞い上がっていた男には、息子の気持ちを理解することができなかった。

そしてそんな父の気持ちを理解できるほど、息子も大人ではなかった。

「結局受験そのものを放り出して、俺は現場にいることを選んだ」

ライヴハウスで歌い、インディーズで活動しながら、スタジオワークや曲提供などの活動をつづけた。その選択は、間違っていなかったと、京介は信じている。だからこそ、今の自分があるのだから。

「もうずっと会ってないの？」

尋ねると、高校卒業以来、一度も父親と顔を合わせていないのだという。

「情けないだろ？」

口数の多くない男が、淡々と話して聞かせてくれた過去。

その、まるで他人事《ひとごと》のような口ぶりには、子どもっぽい蟠《わだかま》りを棄てきれない自身を恥じ、過去を悔《く》やむ気持ちが隠されている。そして、和音に情けない自分を晒すことへの照れも……。

あまり気にしたことはなかったけれど、京介は和音よりふたつ年下だ。

照れたような困ったような……ベッドの上で見せる甘えた表情とはまったく違う、ふだんあまり見せない表情を浮かべる男が愛しくて、和音はそっと腕を伸ばし、京介の頭を抱き寄せた。

ぎゅっと胸に抱き締めて、艶やかな髪を撫でる。

「話してくれて嬉しいよ」

いつもいつも、支えてもらうばかりだった。

勇気づけてもらうばかりで、弱い自分が情けなくて……けれど強いばかりの人間に、弱い者を思いやることなどできない。あんなに愛情溢れる曲を書くことなどできない。

「ねぇ、京介……、んっ」

できることなら、ちゃんと話したほうがいい。

そう言おうとした唇は、キスに塞がれてしまった。

まるで、その先の言葉を読んだかのように。

京介にこれ以上この話をつづける気がないことを察して、和音も口を噤んだ。

自分自身も経験のあるデリケートな問題は、第三者が何を言ったところで、ダメなときはダメなのだ。

そう思って、縋るように圧しかかってきた広い背を抱き返した。

ただ今は、苦しむ京介を受け止められればそれでいい。

いつも自分がつらいときに、京介がそうしてくれるように……。

3

「京介の実家のこと？」

スタジオに籠っているというTAKUYAとKAORUを訪ねたのは、取材の帰り道。たまたま近くを通りかかって、そういえば…と、TAKUYAからメールをもらっていたことを思い出したからだ。

相談を持ちかけるために立ち寄ったわけではなかったのだが、ふたりの顔を見たら、つい話がそこへ向いてしまった。

「京介に会社継がせたいってやつか？」

TAKUYAとKAORUは、通っていた高校は皆バラバラだったが、学生時代からの京介の友人だ。MUSEのほうが一足先にメジャーデビューして、ヴォーカルのKAORUはそのとき、名のあるクラシック演奏家である親から勘当を言い渡され、音楽高校を中退したという経歴を持っている。

音楽の専門教育を受けさせたいと望む親がいれば、音楽など遊びだと言い切る親もいる。

人の価値観はさまざまで、何が正しいと言うことはできないけれど、でも何より大切なのは、本人が何を望んでいるのかということ。そしてそれが、本人の才能を正しく伸ばせる環境であれば尚いいに違いない。

「結局あいつ試験当日に両方ぶっちしてさー」

「受けてりゃ、普通大学のほうは確実に受かってただろうけど、音大のほうはどうかな。結局ちゃんとした先生についてレッスン受けるどころじゃなかったから……」

音大の受験はかなり特殊で、師事する教授とか講師とか、ただ受験するだけでは済まない部分がある。それは和音にもよくわかっていることだから、KAORUの指摘には黙って頷いた。

父親に勧められた大学のみならず、希望していた音大受験さえ棄てて、京介はインディーズのステージに立つことを選んだ。それは、そのときの京介にできる精いっぱいの選択だったのだろう。

「俺らも同じだったけどさ、エラそうなこと言ったところで、結局親の保護下にある未成年なわけだし、あのころは結構キツかったな」

「KAORUくん……」

「でもま、こいつが俺のヴォーカルじゃなきゃ弾かねーって言うから、俺も覚悟決めたんだけどさ」

TAKUYAの髪をくしゃくしゃと弄りながら、KAORUが笑う。

「KAORU……っ!?」

それにカッと頬を染めたTAKUYAが、慌ててKAORUの手を叩き落とした。怒っているわけではない。照れているだけだ。

「KAORUくんのご両親は？」

バンドでデビューすると言い出した息子に勘当を言い渡したご両親とは、その後和解できたのだろうか。

和音の問いかけに、KAORUは少し困った顔で、ひょいっと肩を竦め、両手を天に掲げてみせる。

「和解どころか。地元公演じゃ、毎回夫婦で二階最前列ど真ん中に陣取ってるよ」

あまりにはしゃぐから、ファンの間でも名物になっているのだと聞かされて、和音は思わず噴き出してしまった。

「いいご両親だね」

微笑んだ和音に、

「ちょっと煩いけどな～」

返したのは、KAORUではなくTAKUYA。

他愛ないやりとりを繰り返すふたりの姿を見つめながら、京介にもKAORUのように義父と和解できる日が早く来ればいいのにと、和音はひっそり溜息をついた。

「心ここにあらずって顔ね」

斜めうしろからかけられた声に、和音はハッとして手を止めた。

「そんな集中力を削《そ》がれた精神状態じゃ、まともな演奏なんて期待できないわ」

二週間に一度のレッスン。二時間のレッスン時間は、多忙な和音にとっても、多くの弟子を抱える師匠にとっても貴重な時間だ。

「……すみません……」

「あなたの音は、すぐに感情を写し取ってしまうわ。それがあなたの個性であり、欠点でもある。何度も言ったわよね」

「……はい」

心の不安定さが、音色にも出てしまっている。それは和音自身にも自覚があった。けれどこれほど上の空状態になってしまうとは……。

鈍《なま》ってしまった指や腕のリハビリのみならず、精神のリハビリも必要なのかもしれない。恋をして、京介を愛して、果たして自分は強くなったのか弱くなったのか……。

感情に揺さぶられる音。

けれど、それが演奏の出来にまで影響してはなんの意味もない。

ゼロからの再スタートだと覚悟していた。自分の甘さを何度も思い知った。

学生のころとは状況はずいぶんと違う。一度その世界を去った敗北者が再びその舞台に上がるためには、並々ならぬ努力を要する。努力も運も、すべてを味方につけなければ、再スタートを切ることさえ、実際には難しい。

「もう一度、頭から」

「はい」

姿勢を正して、鍵盤に向かう。

邪念を振り払い、自身の演奏を追い求めながら、それでも和音は、ジリジリと胸を焼く苦しさと切なさを、振り払えないでいた。

――『見守っていてほしい』

そう言った和音に、京介は何も言わない。

――『和音の納得できるようにすればいい』

その言葉どおり、本格的なレッスンを再開し、仕事との両立に悩みながらも再び音楽家としての道を模索しはじめた和音を、黙って見守ってくれている。

自力で乗り越えなければ意味がない壁もある。

和音自身が今抱えている問題は、まさしくそれだ。

けれど京介は……。

あの日以降、京介が実家の話を口に上らせることはない。

和音の言葉を遮るように誤魔化して、それっきりだ。

表現者として、自分自身でなければどうにもならない問題なら、和音も、京介が今自分に対してそうしてくれているように、黙って見守りたいと思う。

ときには言葉にできない苦しみを、肌を触れ合わせることで分け合いながら、出すぎることなく支えになりたいと思う。

出会ってからずっと、和音はそうして京介に支えられ、励まされてきたから……。

だが、その表現者としての活動に翳を落とし、胸の奥に拭い去れないシコリを植えつけることによって、その心を蝕《むしば》むことになるような苦痛や不安や心配事なら、相談してほしいと思う。

京介は、「カッコ悪い」と言った。

弱い部分を曝け出すのを、恐れていた。

けれど……いや、だからこそ、自分に話してほしいと思うのは、ただの傲慢《ごうまん》なのだろうか。自分からそれを促すことは、デリケートな部分に土足で踏み込む、デリカシーのない行為なのだろうか。

カッコ悪くてもいい。

情けなくても、抱え込んだすべてを晒してほしいと思う。

そうでなければ、この先、ともに歩んでいくことなどできない。

京介に頼って甘えて、それでも譲れない部分だけは、自分の責任において、自分自身で答えを出しながら、支えられて、支え合って、生きていきたいのだ。

自分も、京介を支えられる人間でありたいのだ。

――どうしたらいいだろう。

京介の母が最後に見せた寂しそうな表情が、記憶に焼きついている。

長い時間のうちに歪んでしまった関係を修復したい。そう思っているのは、彼女だけではないはずだ。

京介の義父のことはよく知らないけれど、再婚によってできた血の繋がらない息子の存在を、結果的にそれが家族の関係を歪めてしまう原因になったのだとしても、それほど喜んだ人物が、この状況に胸を痛めていないはずがない。

――どうしたら……。

京介は素直に義父と会ってくれるだろう。

どうしたら、家族関係を修復できるのだろう。

自分などが口を出すのはおこがましいと思いつつ、気になってしようがない。

自分だって、今抱えた問題をなんとかしなければ、偉そうなことなど言えないというのに……。

今現在、和音が頭を悩ませている問題は、本当に贅沢《ぜいたく》な悩みだと思う。少し前なら、考えられない状況だったのだから。

やっと仕事に慣れて、編集の仕事を楽しいと思いはじめたのは本当。責任もあるし、それ以上に現場に立つことによって、学ぶことも多い。

でも……。

思わず手が止まってしまって、和音は慌てて譜面立てに広げられた楽譜に視線を戻す。

ちゃんと一音一音確認しながら弾くつもりだったのに、考え事に耽《ふけ》っているうちにいつの間にか暗譜でサラサラと弾いてしまっていたらしい。とうの昔に弾き終わったページが広げられていることに気づいて、やれやれと溜息をつく。

「また師匠《せんせい》に怒られちゃうよ」

広げられたページの頭の小節に戻って、もう一度。

ソツなく弾ければいいわけではない。

譜面から、楽曲を読み解き、自分のものにしなくては意味がないのだ。

呼吸を整えて、象牙の鍵盤に指を落とす。

限られた時間で精いっぱいの成果を出す。それは決して容易いことではないのだから。

4

「え？　佐野《さの》……さん？」

校了前でバタバタしていたオフィスに姿を見せたのは、産休に入っていた先輩編集者の佐野女史だった。

「がんばってる？」

腕に小さな生き物を抱いた佐野は、以前と変わらぬ表情で和音にウインクしてみせる。

「わ……赤ちゃんだ……」

和音に半ば無理やり赤ん坊を抱かせると、佐野はしげしげと和音のデスクに広げられた校正紙に視線を巡らせた。

「ちょっと現場を離れてる間に、業界は〝愷《かい》京介〟一色になっちゃったわねぇ」

佐野の口から零れた京介の名に少しドキッとしたものの、和音はなんでもない顔でそれに返す。

「この状況下でシングル五十万枚以上確実に売り上げるアーティストなんて、今は数えるほどですから」

「以前とは比べ物にならない、キビシイ状況だわよねー」

一時期は、年間何十曲ものミリオンセラーが出ていた。レコード業界はバブルな時代で、そのかわりミュージシャンたちの変遷《へんせん》も激しく、出ては消えていくの繰り返し。あの時代にミリオンセラーを出していたミュージシャンのなかで、今でも第一線で活躍できているのは、ごく一部の実力派のみだ。

「レコード業界も不況なら、出版業界も不況……か」

音楽雑誌の売り上げなど、載っているアーティストの人気に左右される。編集方針や誌面のつくりの問題ではなく、人気アーティストの取材が取れるか否か。そこにすべてがかかっているのだ。編集者として、遣り甲斐があるのかないのか、実に微妙なところだが……。

「でも、逆に言えば、自分の目と耳を信じて、記事を組むことができるのも、今よ」

「自分の目と耳……？」

「巻頭を飾るようなアーティストは別にしても、ほかは誰が載っていても雑誌の売り上げにはなんの影響もない。だったら、自分が読者に紹介したいミュージシャンを載せたっていいってことでしょ。ま、しがらみもあるから、全部が全部ってわけにはいかないけど」

そして、手にしていた校正紙をデスクに戻すと、和音に向き直って小さく笑った。

「そうやって、杉浦《すぎうら》君が愷京介を見出したんじゃないの！」

「俺が……ですか？」

啞然とした表情をした和音に、佐野が呆れた表情《かお》を向けた。

「やだ。忘れたの？　最初の取材のときに、彼のページを増やしてくれって言ったの、杉浦君じやない」

それは……そうだが……。

しかし、たったそれだけのことで、自分が京介を見出したなどと言われてもピンとこない。

「あの当時、彼のことをあんなに大きく扱ってた雑誌なんてうちだけだったのよ。先見《せんけん》の明《めい》があったってことでしょ？」

「先見の……明……？」

「だから今だって、どこよりもうちを優先して、取材させてくれてるんだし」

「……」

ふたりの関係を知るのは、事務所のスタッフのなかでは島津《しまづ》夫妻だけなのだから、佐野の理屈は基本的には合っている。

けれど京介と自分が特別な関係にあるがゆえに、素直に受け取れなくて、ついつい卑屈になってしまう。まるで身体を使って仕事を取っているような……そんな気がしてしまって……。

「杉浦君？」

「……佐野さん、俺……本当にこの仕事してていいんでしょうか？」

和音の唐突な言葉に一瞬目を丸くして、しかし佐野女史はしばしの思案ののち、天井を仰ぎながら、「う〜ん」と唸った。

「人間さ、誰しも天職ってーのがあると思うのよね。私は編集の仕事が天職だと思ってるし……でも、それは天賦《てんぷ》の才《さい》ってのとは違うと思うのよ」

「……?」

佐野はいったい何を言おうとしているのか。

「うーんと、だからね……〝できること〟ってのはいくつもあるかもしれないけど、〝自分にしかできないこと〟ってのは、たったひとつしかないいんじゃないのかなぁ? って。ゴメン……編集者のくせにうまく纏めらんなくて」

ポリポリと眉間を掻きながら苦笑する。

それから、和音の腕から赤ん坊を受け取ると、バッグを抱え直した。

「佐野さん……」

「私、戻ってこようと思うの」

「……え?」

「産休さっさと終わらせて、うちはダンナが自宅勤務だし自分の親とも同居だから甘えられるし……仕事に戻るわ。今日はその話を編集長にしにきたのよ」

通常、いったん産休に入ると所属は総務部あずかりになり、産休に入る前と同じ部署に再び配属されることはまずない。産休に入った時点ですでにかわりの人間に仕事が引き継がれているからというのもあるが、小さな子供を抱えてできる仕事にはどうしても制限があるからだ。

なのに佐野は、この時間の読めないハードな職場に戻ってくると言う。

「だからね、責任とか考えなくていいわよ」

「……?」

「私が戻ってくるまでの間だけお願いできる？」

「それは……どういう……」

佐野が何を言っているのか、和音にはわからない。

すると佐野は、ふいに表情を引き締め、和音のよく知る敏腕編集者の顔で、視線を上げた。

「杉浦君、やりたいことがあるんじゃないの？　組織に縛られずに、もう一度やってみたいことがあるんでしょ？」

「……っ!?　どうして……っ」

言われたセリフにしたたか驚いて、目を瞠る。そんな和音に微笑んで、佐野は静かに言葉を継いだ。

「愷京介のあのアルバムにクレジットされてた〝KAZUNE〟って、杉浦君のことでしょ？」

――……っっ!!

「私は、音楽の専門教育なんて受けてないから詳しいことはわからないけど、でも素晴らしいと思ったわ。素直にあの〝音〟に才能を感じた。これだけは、音楽雑誌編集者としての直感だと自負してる」

「佐野さん……」

「杉浦君ならいい編集者になれると思う。けどそれは、君の才能を活かすことにはならないんじゃない？」

「俺……っ」

「私、もうしばらくしたら戻ってこられるから、ね」

何も心配はいらないのだと、励まされる。

自分の信じた道を行けばいいのだと、何も躊躇うことなどないのだと、背を押された気がした。

佐野の笑顔に促されて、和音も頷く。

「はい。待ってます」

それまでに羽ばたく準備を整えて……与えられた仕事への責任を果たして。

ふと視線を上げると、オフィスの奥まった場所にあるデスクで、編集長が給茶機のまずい茶を啜りながら、何食わぬ顔で聞き耳を立てているのが目に入ってきた。

自分はなんて恵まれているのだろう。

人にも仕事にも環境にも。

ピアノを棄てたときに、何もかも失くしたと思っていた。けれど、曇りのない目で見渡せば、世界はこんなにも素晴らしいものに溢れている。

スッと胸の痞えが軽くなるのを感じて、和音はその口許にやわらかな笑みを浮かべる。

すると佐野が、まるで赤ん坊をあやすように、白い頬をぷにぷにと突ついてきて、和音はカッと頬を赤らめた。

「さ、佐野さん!?」

「やっと笑ったわね」

「……佐野さん……」

「先々のこと考えるなら、笑顔の練習も必要よ」

ウインクつきで揶揄われて、和音は困った顔で苦笑するしかない。

「杉浦くんの可愛い顔なら、少々引き攣ってても大丈夫そうだけど」

追い討ちをかけるように浴びせられる茶化した言葉には、少しだけ子どもっぽい顔で、口許をへの字に歪めてみせた。

5

延々とつづく無言の攻防――根比べに先に音《ね》を上げたのは、和音だった。

「京介！」

意を決して、義父の件を持ち出した和音に、京介は予想どおりの態度。

「別に」からはじまって、「どうでもいい」「何も話すことはない」「関係ない」にいたって、おとなしい和音のほうが先にブチ切れてしまったのだ。

「関係なくないよっ！」

血は繋がっていなくても親子だ。このままでいいはずがない。

「お母さん、これ以上哀しませていいの!?」

この言葉に、わずかに瞳を揺らしたものの、今度はらしくもなく不機嫌を露《あら》わにした表情のまま、黙り込んでしまったのだ。

今まで、ふたりはこんなやりとりをしたことがなかった。

でも、考えてみれば、やっとこんな会話を交わせるようになったのだとも言える。だから和音は何も不安に思わなかったし、絶対に引かないと決めていた。

京介の胸の奥底で、澱《おり》となって淀んでいるものを、取り去ってあげたい。それが無理でも、自分にそのきっかけだけでもつくれたら……。

そう結論づけるまでに、かなり悩んで、和音なりに胸を痛めたのだ。

先のように考えられるようになるのには、実は結構時間がかかったのだ。

余計なことを言って京介を怒らせはしないだろうかとか、呆れられ嫌われはしないだろうかとか、はじめはそんなことばかり考えて……でも、ふたりの間にある想いは、そんなことで揺らぐ程度のものではないはずだと思えたから……だから、覚悟を決めて話を持ち出したのだ。

アッサリ引いてしまっては、レッスンが疎《おろそ》かになってしまうほど、散々悩んだ意味がない。

「そんなに音大に行きたかった？　俺が言うのもなんだけど、派閥や選民意識ばっかり強くて、純粋に音楽を愛してる人間にとっては、なんだよ…って思うことも多い場所だったよ」

教育システムとして全否定する気はないけれど、日本の音楽教育の現場には、改善すべき点が多々あるというのが現状だ。

京介が受けようとしていたT芸大作曲科にしたところで、数年前に定員を減らしたときの理由は、表向きは至極まっとうなものが掲げられていたが、関係者の口からは呆れるほどくだらない理由が語られていた。

「卒業生たちが、ポピュラーの世界でばかり活躍するのが気に食わないからって、自分たちの息のかかった学生だけ寄せ集めて合格させるような教授に、そんなに学びたかった⁉」

京介の過去を否定しようとしているわけではない。

結果として自分が選んだ道を、そんなに後悔しているのかと、そちらのほうを諫めているのだ。

「もっと別の道があったかもしれないなんて、考えてないよね？」

京介には、自分はドロップアウトしたのだという意識が強いのだろう。自分の選んだ道は間違っていないと思っていても、それでも「もしかして」「あのときこうしていたら…」と考えてしまうのが人間というものだ。

自覚はなくても、心のどこかで人生の岐路を振り返っては、もう一方の道を選択していた自分を想像したりする。

それを今さら自覚させられて、苦々しい思いに駆られて、そんな自分を受け入れられず、結果、過去にこだわっている。今まで和音にも語ったことがなかったのはそのためだ。

けれど、だからこそ、今の京介があるのではないのか。

ライヴハウスで歌っていたことも、インディーズで活動したことも、スタジオワークや、曲提供などの作家活動も。デビュー前に京介が経験したことは、すべて今の京介を生み出す糧《かて》となったはずだ。

過去に囚《とら》われながら、でもそれが、原動力になっていたはずだ。

音大で作曲の専門教育を受けたとして、果たして今の京介があったかと問われれば、甚《はなは》だ疑問だ。

和音自身は、大学入学時には、自分の道はこれしかないと思っていたし、腕の怪我で戦線離脱をしたあとも、その場にとどまるしか選択肢がなかった。

いや、あのときの自分にもっと強さがあったなら、違った道が拓けていたのかもしれないけれど、そしたら自分は出版社になど就職していなかっただろうし、京介とも出会えなかったはずだ。

だから和音は、自分の過去を悔やむのをやめた。

すべて、京介と出会うためにあったのだと……だからこそ、今の自分があるのだと、そう思えるようになったのは、京介が愛してくれたからなのに。

京介が頑なになっている理由が、先に自分が口にしたような蟠りだけが原因ではないことは、わかっている。

人間の感情としてもっと複雑な、けれどある意味くだらないとも言える、それは……意固地になっているだけだ。素直になるきっかけをなくして、そのままズルズル時間ばかりが過ぎてしまって、今さらどんな顔をして……と、きっと京介だけではなく義父のほうも思っているに違いないのだ。

だからこそ、きっかけさえつくれれば、あとは難しい問題ではないはず。

嫌い合っているわけではない。

ふたりの間に横たわるのは、絶対に埋められない溝ではないのだから。

「京介！　もうお義父さんを許してあげてよ」

腕を取って、揺する。

こんなことわざわざ自分が言わなくたって、京介はとうの昔に義父を許しているはずだ。京介の才能は埋もれることも潰《つぶ》されることもなく、こうして花開いているのだから。

もちろん義父だけが悪いわけではないことも、わかっている。今となってはもう、どちらが悪いとか、言えるような問題ではない。

「俺、京介のお義父さんにもお母さんにも、京介の歌、聴いてほしいよ。ステージで歌う京介、観てほしい」

息子の晴れ姿を喜ばない親などいない。

絶対に絶対に、喜んでくれるはずだ。

「今度のライヴ、招待してあげようよ。ね？」

膝の上に置かれた手を取って、両手でぎゅっと握り締める。そしてそっぽを向いたままの京介の顔を覗《のぞ》き込《こ》んだ和音を、ふいに顔を向けた京介がソファに押し倒してきた。

「京介……!?」

この前も、こうして話をはぐらかされてしまった。

あのときは、話したくないなら……と引いた和音だったけれど……。

「や…っ、ダメ……っ」

屈強な肩を押し返そうとすると、唇を塞がれ、両手首をひとつに纏めて、片手で頭上に拘束されてしまう。

こうなるともう、華奢な和音では抗いようがない。

それでも今日ばかりは引けなくて、必死に抵抗を試《こころ》みた。一番手っ取り早いのは、口腔《こうこう》を嬲る舌に歯を立てることだ。でも、京介を傷つけることはしたくない。

「きょ…す、け……っ」

深く合わされる口づけの隙間に、必死に訴える。

「はな、し……まだ……んっ、ぁ……ふっ」

貪られ真っ赤になった唇が、舌先に擽られるだけでも快感を訴えるようになったころには、和音の身体はすっかり力を失い、ソファに沈み込んでいた。

涙の滲んだ濡れた瞳が、切なげに男を見上げる。

淫蕩な表情で、匂い立つ白い肌で男を誘いながら、その目だけはきつく眇められている。それから目を背けて、男は誘う肌に唇を寄せた。

痕跡を刻もうと首筋に落とされた唇に、やわらかな肌を痛いほど吸われる。

「あっ、や……っ」

ビクビクと、細い背を撓らせて、白い喉を仰け反らせる。

鎖骨に歯を立てられて、和音は掠れた声を上げた。

「京…介、お…ねが、い……っ」

ホロリと、涙の雫が頬を伝う。

生理的なものではないそれに、京介が愛撫を止めた。

「和音……」

「お、願…い、もっと…ちゃんと、俺…の話……聞いて、よ……」

もっと、自分自身を曝け出してほしい。

約束したのに。

支え合って生きていこうと、確認し合ったのに。

自分などでは頼りなくて相談もできないのかもしれないけれど、こんなふうに誤魔化されるのは、哀しかった。

どんなに深く激しく愛されても、言葉はなくてもこうして自分を求めてくれることこそが京介の想いの表れなのだと言い聞かせても、それでも哀しくて切なくて……苦しい。

「どうでもいいなんて、嘘だよ。京介、苦しんでる。ずっとずっと……胸が痛かったでしょ？あのときだって、お母さんの目、まっすぐ見られなかったでしょ？　そんなの、哀しすぎるよ……っ！」

次から次へと涙が溢れて、白い頬を濡らす。嚙み締めた唇を濡らす。

しょっぱさが、より切なさを煽って、和音は呆然と見下ろす男の頬に、手を伸ばした。

「京介、昔はもっといろんな歌詞《うた》、歌ってたよね」

「――――っ！」

今は、和音へのラヴソングばかり書く京介だが、昔――特にインディーズ時代にリリースされたアルバムに収められている曲につけられた歌詞は、ラヴソングばかりではなかった。そのころの京介は、もっと幅広い内容の歌を歌っていた。

もちろんラヴソングもあるし、そのつもりはないのかもしれないがラヴソングと受け取れるものもある。けれどそれ以上に、人生とかもっと広い人間愛とか、若さゆえのものだったのかもしれないが、社会構造への鬱積《うっせき》した感情とか、さまざまな内容の歌詞が、ブックレットには印刷されていた。

はじめは、深く考えることもなかった。

作品のテーマがプライベートに左右されることはままある。今現在の京介の内から生まれてくるものが、たまたまラヴソングばかりなのかもしれない。

けれど、それだけではないと感じた。

聴き込むうちに、和音はそれに気づいてしまった。

「俺は、支え？　それとも……」

――逃げ場所？

とは、口にできなかった。

だが、見上げた先にある男の瞳が驚きに見開かれるのを目にして、自分が呑み込んだ言葉がなんだったのか、男に伝わっているのだと理解する。

揺れる瞳に、自分が映されている。切なげに眉根を寄せ、じっと男を見つめる自分の顔が。

そして自分の瞳にも、悲痛な表情を浮かべた男の姿が、映し出されているはずだ。

己のそんな表情を、男はどんな気持ちで見つめているのか。ただ呆然と、その視界に和音だけを映しつづける。

ややあって、先に我に返ったのは和音だった。

京介の身体の下から抜け出して、はだけられた衣類を整える。

涙を拭《ぬぐ》って、ソファの上で頭を抱える男を振り返った。

「今日は……帰るね」

引き止める言葉もないのか、京介は何も言わない。

いつもなら、もっと強引な行動に出ているはずの、強気で我が道を行くエキセントリックなトップミュージシャンが肩を落としている姿は痛々しくて、恋人とはいえとても正視できるものではない。

けれど、和音は目を背けなかった。

「俺、会社辞めることにしたから」

「……な、に……？」

「すぐにじゃないけど。でも、そのときがきたら、ピアノ一本でやっていくつもり」

やっと顔を上げた男に、強い眼差しを向ける。

「きっかけをくれたのは京介だから」

「……っ」

「京介の隣に並んで、恥ずかしくない自分でいたいから」

だから、自分で答えを出した。

京介に支えられながら、多くの人の助力と助言を糧として。

支えになりたいと思った。でも、このまま同じやりとりを繰り返していても、答えなど見えない。

だから、告げた。

深呼吸をして、震える声を叱咤して。

「京介も、この先は自分で答えを出して」

こんなふうに突き放されるとは、思ってもみなかったのだろう。男の目がゆるゆると見開かれる。

「週末のライヴ、がんばってね」

いつもどおり特等席で観ているから……とは告げず、和音はその場に背を向けた。

6

ライヴのあと、その日足を運んでくれた関係者をかならずバックステージに招き、ひとりひとりとあいさつを交わす。

その場で、京介の前にズイッと歩み出た蓮沼が、厳しい顔で吐き棄てた。

「酷いな」

その眼差しには憤りすら浮かんでいて、いつもの穏やかな蓮沼とは別人のようだ。

「酷い出来だ。こんな酷いステージは、久しく観たことがない」

狭い空間には関係者たちのざわめきが満ちていて、顔と顔を突き合わせるような距離で言葉を交わすふたりの——蓮沼の声は、京介以外には聞こえていないらしく、すぐ近くで息を詰めて聞き耳を立てていた和音はホッと胸を撫で下ろした。

そんな和音にもチラリと視線を送って、蓮沼はついぞ見たことのない表情で眉間に皺を寄せ、言葉をつづける。

「君たちなら大丈夫だと思ったが……どうやら私の目は節穴だったらしい」

言葉を返したくて口を開くものの、なんと言っていいかわからなくて、和音はきゅっと唇を噛み締めるしかない。

「君たちは互いに高め合って生きていくために、一緒にいるんじゃなかったのか？」

以前蓮沼に忠告されたとき、自分たちなら大丈夫だと、和音は涙ながらに訴えた。

互いの存在を足枷《あしかせ》になどしない、危険を孕んだ関係だとわかっていても、それでもともにありたいのだと訴えた和音に、蓮沼は言ってくれたのだ。

――『君たちなら……』

と。

その言葉どおり、ふたりは今までずっと互いの存在があるからこその結果を出してきた。京介は不動の地位を築き、和音は一度は失った音色を徐々に徐々に取り戻しつつある。

けれど、今日の京介のステージは、たしかに和音の目から観ても、プロとしての一定ラインを切る出来だった。

自分の演奏が心理状態にかなり左右されるものだという自覚は昔からあった和音だが、京介がそういうタイプだという認識はなかった。常に高レベルのステージを見せられる、精神力の強いタイプだと思っていた。けれどそれは、和音の思い込みだったのかもしれない。

京介が弱い人間だと言っているわけではない。

和音が今まで気づかなかった、繊細な面を実は持っていたということだ。それを、不器用で音楽でしか自己表現できない男は、無愛想な表情の下にひた隠していた。

それが露見するほどの精神的抑圧があったのかと問われれば、理由は思い当たりすぎる。

「ち、違うんです！　蓮沼さ……」

割って入ろうとした和音を、京介が手で制した。無言のまま、じっと蓮沼の非難の眼差しを受け止める。

その瞳の強さに何を感じたのか、蓮沼はわずかに表情を緩めると、

「月末のファイナル公演も観させてもらう。私を……いや、音楽業界全体を失望させないでくれ」

それだけ言って背を向けた蓮沼に、やっと京介が口を開く。

「俺が歌うのは、伝えたい言葉があるからだ。――それだけだ」

苛立ちを抑えるように拳《こぶし》を握り締め、己に言い聞かせるように、低く、静かに、しかしハッキリと口にする。

その言葉に、蓮沼がわずかに口角を上げて口許に笑みを浮かべる。

それに気づいた和音にだけ意味深な視線を送って、男はヒラヒラと手を振って、打ち上げ会場を出て行ってしまった。


「緋佐子さん、まだ……ですか？」

ほかのスタッフたちの目を盗むように、声をかける。

ホールの入場口。関係者受付の脇《わき》で待つ緋佐子と、ただのプレス関係者を装いつつ、関係者受付に視線を投げる和音。

言いだしたのは和音だ。

緋佐子にだけそっと相談を持ちかけて、その提案に頷いてもらった。

デビュー前から京介の面倒を見ている緋佐子にも思うところは多々あった様子で、深くは聞かず、手配をしてくれたのだ。

ふたりは待っていた。さる人物を。

ファイナル公演を、どうしても観てもらいたくて。

「……あ……」

入り口につづく階段を上ってくるふたり連れに気づいて、和音が緋佐子のジャケットの袖口を引っ張る。

「緋佐子さん」

促すと、緋佐子は受け付けをしているスタッフに並んで、その男女に声をかけた。

「はじめまして。よくおいでくださいました。マネジャーをさせていただいております、島津と申します」

差し出された名刺を受け取ったのは、中年男性のほう。そして彼は、深々と腰を折り、緋佐子に言葉を返す。

「息子が、お世話になっております」

その隣で頭を下げた女性は、一度だけ顔を合わせた、京介の母に間違いなかった。

京介が、和音の隣に腰を下ろすふたりを視界に捉えたことに、幕が上がってすぐに和音は気がついた。

一瞬わずかに目を瞠って、けれど客席のファンに違和感を与えるようなことはない。

京介のその反応に気づくことができたのは、ごくわずかな人間だけだろう。もちろん、和音の隣で食い入るようにステージを見つめる彼の両親も、そのわずかな存在のなかに含まれる。

セットリストは、蓮沼に酷評された公演と基本的には変わりはない。それでも、さすがにツアーファイナルということもあって、随所にスペシャル感が盛り込まれ、何曲かは入れ替えられている。

けれど、前回のステージと違う印象を受けるのは、当然のことながらそんなことが理由ではない。

和音を挟んで京介の両親とは反対側に腰を下ろす蓮沼の口許が、実に楽しそうに笑みをかたどっている。

組まれた腕にのせられた指先が、足元がリズムを刻んでいる。

客席に視線を落とせば、圧倒されるほどの熱狂が伝わってくる。二階席、三階席に目を向ければ、満員の客席から人が零れ落ちてきそうな錯覚さえ覚えるほど。

京介自身から溢れ出るオーラが、全然違う。

声が伸びている。

京介の発散する熱に引き摺られるように、サポートメンバーの演奏にも力が入る。

いつもいつも京介のステージには圧倒されるけれど、それでも今日のステージは特別だった。

はじめて京介のステージを目にしたときと変わらぬ……いや、それ以上のエネルギーを感じて、和音も京介の声に引き込まれていく。

紡がれる愛の歌に、鼓動が速まる。誇らしさと愛しさと、やはりどうしても感じないわけにはいかない恥ずかしさと……そして、かすかに胸の奥で痛みを訴える——嫉妬。

けれどこの感情は、負のものではない。

同じ世界に生きることを望む者同士、互いに高め合って生きていくためには、かならず必要なものだ。

ふと隣に目をやると、母は頬を濡らすものをこらえ切れずハンカチを握り締め、そして父は、ぐっと唇を引き結んで一瞬でも見逃すものかとでもいう表情で、ステージを見つめていた。

ふたりが、生で息子の晴れ姿を見るのははじめてのことだ。

開演前に少しだけ話をしたら、ＣＤもＤＶＤも発売日にかならず父親が購入してきて、数え切れないほど夫婦で聴き、また観ているのだと教えてくれた。テレビもラジオも、エアチェックできるものは逃したことなどない。雑誌も新聞も、全部スクラップしてある。

和音が目にしたのは、ごくごくありふれた、〝親〟の姿。

愛情溢れる眼差しがステージに向けられていることに、和音は胸を締めつけられた。


そして、アンコール。

ただのアンコールではない。予定になかったWアンコールだ。

関係者受付で資料用に渡された曲目表にはいつもどおりアンコール演奏曲まで記載されているが、Wアンコールのことは書かれていない。予定調和ではない。本当の意味での、これがアンコールだと言える。

ステージの真ん中で、サポートメンバーを呼び込みもせず、京介はマイクを握った。

スポットライトに照らされて、声が、歌を紡ぎはじめる。

それは、和音でさえ聴いたことのない曲だった。

らしくないと言えばらしくない、けれど京介らしさを随所にちりばめた、温かなメロディー。

――これ……。

だが、一番らしくないのは、歌詞だった。

そして気づく。

この曲の、粗削《あらけず》りな部分に。

京介らしさをちりばめたのではない。〝京介らしさ〟だと和音が認識しているメロディーやアレンジや音符の並びや……そういったものが確立される以前につくられたものだ。

いつごろ書かれたものかはわからない。

その曲は、やさしさに溢れていた。

ラヴソングだと、受け取れないこともない。

だが、いつも京介が和音に贈ってくれるものとは、まったく違う。もっともっと広く深い人間愛が歌われている。

そして、驚いたことにもう一曲。

今度はアコースティックギターを抱えて。

二曲目は、新曲だった。和音にはわかる。

「京介……」

和音の隣で、両親も息を呑む。

紡がれた歌詞に、ハッキリと自分を生み育んでくれた大切な存在への、尽きぬ感謝と愛情とが切々と綴られていたからだ。

会場も、京介の声に呑まれたかのように、小さな雑音ひとつ上がらない。

一万もの聴衆が、息を詰め、ステージの一点を見つめている。

自然と、温かいものが頬を伝うのを感じた。

音楽を聴いて、これほど素直に感動できたのは、どれくらいぶりのことだろう。

編集の仕事をはじめてからは、ついつい打算的なことばかり考えてしまって、どうしても純粋に音楽を楽しめなくなってしまっていた。

でも今は、編集の仕事も、京介の恋人としての立場も、関係ない。

ただ純粋に、一聴衆として、その音に感動していた。感動できることに、筆舌し難い喜びを覚えていた。

愛しい。

この涙を流させてくれた男を、心底愛しいと思う。

と同時に、

——負けられない。

和音は、涙を拭って背筋を正した。

その光り輝く存在の隣に、自分は立たなければならない。立って、恥ずかしくない自分でいなければならないのだ。

天井を突き破らんばかりの拍手の渦。

客電がつくなり立ち上がって、少し滑稽《こっけい》に見えるほどの勢いで拍手をしはじめた夫に倣い、妻も腰を上げる。関係者席は皆着席しているから、ふたりの姿は目立って、京介もきっとそれに気づいたはずだ。

終演後、スタッフから渡された花束を、京介は自ら両親の手に届けた。

あいさつのために上がった壇上を降り、会場の一番うしろのほうから控えめに見守っていたふたりに、ふだん公《おおやけ》の場所ではほとんど見せたことのない笑顔で。

少し照れたようなそれに、場内から拍手が湧き起こる。

「やられたな」

隣から聞こえた蓮沼の呟きに、和音も満たされた笑みを浮かべた。

これが京介の答え。

和音の訴えに対して、蓮沼の叱責に対して、そして、両親の愛情に対して。

自分にしかできない方法で、応えてみせたのだ。

「彼に惚れ直してる真っ最中だったり？」

茶化したはずの蓮沼が、

「はい」

和音の素直すぎる返答に、苦笑も通り越して呆れ果てた表情で肩を竦め、「ごちそうさま」と背を向ける。

乾杯の音頭のあと、司会を務めていたスタッフに、アンコール演奏曲の曲名を訊かれて、京介はしばしの思案のあと、こう答えた。

「Ｄｅａｒｎｅｓｓ」

どちらも。

十代のころのＤｅａｒと今現在のＤｅａｒ。

変わっているようでいて、根本は何も変わらない。
自分が歌うのは、『伝えたい言葉があるから』だと、京介は言った。
言葉にしきれないほどの想いを伝えるために、メロディーに歌詞《こころ》をのせるのだと……。
Ｄｅａｒｎｅｓｓ――親愛。
そこには、京介のやさしさが、ぎゅっと詰まっていた。

7

「あ……っ、ふ…んっ、……んんっ」

玄関を入るなり、荒々しい抱擁と貪るような口づけに襲われた。

乱暴な愛撫にも素直に身を任せ、愛しい男に縋りつく。

靴を脱ぐのももどかしく、ズルズルと廊下に倒れ込んでしまう。床のヒヤリとした感触に、一瞬だけ我に返ったものの、受け止めた男の体温に、思考は瞬く間に停滞した。

着ているものを捲り上げられ、荒々しい愛撫が肌を伝う。痛いほどに吸われて、そのたび細い腰が撥《は》ねた。

ゆっくりと互いの温もりをたしかめ合えるような、気持ちの余裕はない。

終演後、バックステージでの簡単な打ち上げのあと、近しい関係者やスタッフたちと打ち上げに繰り出した。〝近しい関係者〟のなかには、もちろん和音も蓮沼も含まれている。

その前に、京介は両親の乗ったタクシーを見送っていた。

その背中を、力いっぱい抱き締めたい衝動に駆られながら、和音は京介の背中をじっと見つめていた。

スタッフの目を盗んで、店の奥でキスをした。

先日のやりとりを、繕う言葉はなかった。手を伸ばされて、抗わなかった。抱き締められて、その背に腕をまわした。何か言いたそうに瞳を揺らす男を見上げて、黙って瞳を閉じた。

それだけで、充分だった。

打ち上げが終わるまでの時間が長くて、身体が熱をたたえて疼《うず》くのを感じた。

苦痛にさえ感じられるほどの焦燥に駆られて、ふたりきりになった途端、マグマのようにそれが弾けたのだ。

「京…介……っ」

男を欲しいと思う本能に導かれるまま、男の腰に細い脚を淫らに絡める。その状態では纏わりつく衣類を剝がせなくて、京介は乱暴に和音の身体を裏返した。

下肢を剝いて、淫らに腰を上げさせる。

その場所だけが外気に晒されて、羞恥に肌が粟立《あわだ》つ。それでも、抗おうとは思わなかった。

ろくに慣らしてもいない場所に、男の熱があてがわれる。

ズッと押し入ってきた剛直に内壁が引き攣れた痛みを訴えたけれど、その痛みさえ胸を焼く愛しさに取って代わった。

愛されることに慣れた肉体が、淫らに蠢きはじめる。

京介自身を包み込む肉壁は、やがて淫らに蕩け、愛しい昂りを奥へ奥へと誘い込んだ。

「あ…、あ…ぁっ、ん…く……っ」

力を失った上体が、廊下の床に崩れ落ちる。

冷たい床に頬を擦りつけ、激しい律動に揺さぶられる。

乱暴に突き入れて、ギリギリまで抜かれる。

肌と肌がぶつかり合う厭らしい音にさえ煽られて、男を受け入れた双丘が淫らに揺らめく。包み込む肉壁が欲望に絡みついて、きゅっと締めつけてくる。

半開きの唇からは止め処《ど》なく濡れた喘ぎが零れ、汗に濡れた髪が乱れて頬に張りついた。

「あ…んっ、あぁ……っ」

感極まった和音が、最奥まで誘い込んだ男を、痛いほどに締めつける。背後の男が、ビクリと身体を揺らしたのがわかった。

「……くっ」

内部に注ぎ込まれる熱い情欲。

「あ…ぁ、……っ」

ガリッと床に爪を立てて、ヒクヒクと背を撓らせる。それに気づいた京介が、和音の手を取って、ぎゅっと握り締めてきた。

和音の指を気遣うように。

「和音……」

激しすぎる行為に、呼吸もままならない。

内部の京介がズルッと抜ける感触にビクビクと腰を揺らすと、少しだけ落ち着きを取り戻した男は、トロトロになった内部を指で掻きまわしながら、このままここでつづけるか、それともベッドに場所を移すか、そんな不埒な伺いを立ててきた。

「あ…んっ、ダメ…ぇっ」

わざと濡れた音をたてるように弄られて、たった今放ったばかりの和音の欲望が、たちまち勃《た》ち上がる。先端からトロトロと蜜を零すそれをツ…ッと撫で上げられて、和音は悲鳴にも似た嬌声を迸らせた。

「い…や、あぁんっ」

我慢できなくてねだると、今度は膝の上に抱き上げられて、下から突き入れられる。舌が痺《しび》れるまで口づけ合いながら、淫らに腰を揺する。うしろを硬い欲望に犯され、前を繊細な指使いで扱《しご》かれて、瞬く間に思考が蕩けていく。

「あんっ、あ、あ、あぁ…っ」

滴った蜜に濡れた指先で、真っ赤になってその存在を主張する尖《とが》りを捏ねられて、背を仰け反らせ、白い太腿で男の腰を締めつけた。

そのままもう一度ふたり同時に弾けて、それからやっとベッドに場所を移す。

シーツの上、大きく両脚を開かれて、すでに二度男の情欲を注がれて濡れそぼつソコを男の視界に晒した。なかのものを掻き出すように指が動いて、やめてと懇願しても許されない。

指では我慢できなくなってねだると、身体を入れ替え、京介の顔を跨《また》ぐような淫らな恰好を強《し》いられた。

「や……、な…に、こん、な……っ」

京介の舌が、蕩けた秘孔から先端から蜜を零しつづける欲望の根元まで、余すところなく嬲りつづける。目の前には、隆々と勃ち上がった、男の欲望。言葉はなくても何を求められているのか理解して、和音は判断能力を失った思考で、それでものろのろとそれに手を伸ばした。

熱く脈打つ怒張を、すでに力など入らなくなった手で扱く。

両手でそれを支えて、恐る恐る舌を伸ばした。

仔猫《こねこ》がミルクを舐《な》めるような、拙い愛撫。

技巧などないけれど、それでも男を悦ばせたくて、必死に舌を這わせた。

男の欲望からも、苦い液が滲み出てくる。それを舐め取って、硬く張り詰めた欲望を、できる限り奥まで呑み込んだ。

全部は呑み込めない。だから、余った場所は指で扱いた。

舌を絡め、必死にしゃぶる。男の欲望が大きく育っていくのが嬉しくて、がむしゃらに奉仕した。

「あぁ……っ」

和音の秘孔を弄っていた指が増やされて、その衝撃に口を離してしまう。もう一度咥えようとすると、体勢を入れ替えてきた男に阻止されてしまった。

つまらなかったのだろうか。

そんな不安に駆られて、濡れた眼差しを上げると、そこには欲望を滾らせた牡《おす》の顔。

直後、ズンッと最奥まで突き入れられて、悲鳴を上げた。

「やぁ――……っ」

胸に膝がつくほどに身体を折り曲げられ、激しく揺さぶられる。

その場所を深く抉られ、神経を直接嬲られるような激しすぎる快感に、声が止まらない。怖くて男の背に縋りたいのに、責めつづける男は、上体を起こしてしまっている。

「あ、あ……や、ダ…メ……っ」

二の腕に縋って、爪を立てた。

淫蕩な表情で淫らな喘ぎ声を上げつづける和音を、男の熱い眼差しがじっと見つめている。その観察するような視線に羞恥を煽られて、和音はますます啜り啼いた。

「きょ…すけ……、あぁ…んっ」

何度受け入れたのか、何度情欲を奥深くに注がれたのか、やがてわからなくなるほどに互いを貪り合う。

ビクビクと、痙攣《けいれん》を繰り返す細い身体。容赦なく突き上げる、逞しい肉体。抱き締めてくる温かな腕と、涙を吸い取ってくれる口づけ。

「あ、あ――……っ！」

意識が、真っ白にスパークする。

何度目かの絶頂で、和音はとうとう意識を失った。

和音の額に置いていた濡れタオルを取って、それをナイトテーブルに投げた京介が、かわりにストローを挿したペットボトルを握らせてくれる。

意識を取り戻したとき、和音の声はガラガラになっていて、ひとしきり羞恥に身悶えてしまった。

指一本動かすのも億劫《おっくう》になるほど互いを貪り合って、身体は悲鳴を上げていたけれど、心はほんわりと満たされている。明日はまず起きられないだろうが、それはそれで構わないと思えた。

「あの曲、出さないの？」

ぐったりと京介の腕に寄りかかっていた和音が、やっと声を発する気力を取り戻して、ポツリと問う。

「ライヴだけじゃダメか？」

「それも素敵だけど……でも、CDってカタチのあるものにして正式に贈ってあげるのもいいかなって」

和音の提案に、京介が微笑む。

この顔は、それに了承したということだ。

「アレンジ、起こしてくれるか？」

ライヴで歌ったとき、片方はアカペラ、片方はギターの弾き語りだった。

「バンドアレンジじゃないの？」

いつものように、自分でアレンジまで全部書き起こすのではないのかと、和音が問う。

すると京介は、細い肩をぎゅっと抱き寄せて、くしゃくしゃになってしまった髪にそっとキスを落としてきた。

「和音のピアノで歌いたい」

やさしさの詰まった曲を、やさしい音色にのせて歌いたい。

「俺でよかったら」

「和音の音がいいんだ」

その言葉で、すべての蟠りも不安も、霧散していく。

京介が望んでくれる限り、自分は弾ける。

今度こそこの足で立って、京介の隣に並ぶことができる。

「もう少しだけ、待ってて」

責任を果たして、やるべきことをやって、その場所に行くから。

「いつか本当に、和音のピアノで歌いたい」

「それ……ステージで…ってこと？」

大きな目をさらに大きく見開いて、和音が驚いた顔を上げる。

頷いた京介は、しかししばしの思案のあと、「やっぱり……」と言葉を濁した。

「京介？」

「……誰にも見せたくない」

ぎゅっと広い胸に抱き締められて、男の拗ねたような口調に、ぷっと噴き出してしまう。

複雑な表情を見せる京介に、和音はチュッと口づけた。

「嬉しいけど、でもきっと、まだずっと先の話だよ」

半分は男を宥めるため、半分はそんな簡単にはいかないと自分を戒《いまし》めるため、男と自分に言い含める。

それでも、先のことではあっても、見えない未来のことではない。

その日は確実にやってくると、言い切ることができる。

だから……、

「待ってて」

すぐに、そこまで行くから。

言葉のかわりに、抱擁で返される。

それから、熱い口づけ。

「親へのあいさつは、そのあとだな」

平然と耳朶に落とされたセリフに、目を丸くする。

「…………へ？」

京介の目は真剣だ。

でも、深く突っ込むのも怖くて、和音は口を噤んだ。

そのときはそのとき。

それくらいのつもりでいないと、京介とは付き合えない。

「和音？」

クスクスと笑いはじめてしまった和音に、京介が怪訝な声をかけてくる。プロポーズのつもりだったのに……と、憮然《ぶぜん》としているのだろう。

近いうちにまた、熱～いラヴソングが届けられることが予想できて、和音は温かな腕のなか、幸せに酔《よ》い痴《し》れた。


しばらくののち、京介の両親の結婚記念日に、あのWアンコールで披露された二曲はマキシシングルとして一枚の録音作品《CD》に纏められ、リリースされた。そして、愷京介の新たな一面として高く評価され、ファン層を広げる結果にも繋がった。

ひとつ大きな誤算だったのは、某国営放送から年末の歌番組出演のお誘いがかかってしまったことだ。

両親が大喜びするのは目に見えている。

しかしミュージシャン・愷京介のスタンス的には……。

「絶対に内緒だ」

断ったことのみならず、オファーがあったことすら一切の公言はならないと、スタッフ内はもちろん、オファーしてきた放送局側にも戒厳令がしかれたほど。

和音はというと、その後すっかり気に入られてしまった京介の母からそれとなく「お話はないのかしら？」と訊かれて、誤魔化すのに大変な思いをさせられることになってしまった。

8

——数カ月後。

自宅のソファの上、ハブラシを咥えたままという少し間抜けな恰好で、和音はこの場にいない京介に見立てたクッションをポカポカと殴りつけ、それからぎゅっと抱き締めた。抱き締めながらも、内心力いっぱい毒づく。

——シングル・カットしないって言ったのにっ。

テレビから流れてくる、京介の甘〜い歌声。両A面でリリースされた新譜のスポットが、二バージョン交互に繰り返し流されている。どちらも甘いラヴソングで、そのイメージに合った映像のスポットは、それだけでも巷《ちまた》の話題になっていた。

一曲目に収録されたのは、このために書き下ろされた新曲なのだが、二曲目に収録されている曲が問題だった。

歌詞の内容に赤面した和音は、「シングル・カットしないよね?」とわざわざ確認までしたのに。

あの夜のことを一通り反芻《はんすう》して、クッションを殴りながら毒づく。

――嘘つきっ。

ただでさえ恥ずかしくてたまらないというのに、アンプラグド・バージョンにアレンジされた楽曲は、いっそう歌詞の甘さが際立つ仕上がりになっている。しかもそのアレンジをしたのは自分で、こともあろうにピアノ演奏まで担当しているのだ。

たしかにすでにライヴでは演奏されていたけれど、シングル・カットするなんてひと言も言っていなかった。

ライヴ用だからと頼まれて二、三アレンジを起こして、使わないつもりだけれど一応……なんて言われて、演奏をレコーディングしたのだ。

しかも、その隙間を縫うように、自分がアレンジを担当した曲の使われている某テレビＣＭが流れるために、自分にしかわからないこととはいえ恥ずかしさは倍増。

あの日、京介が持ってきてくれた仕事は順調に話が進んで、和音はＣＭのために五曲のアレンジを起こした。

本当は自分で演奏したいところだったが、そこまで踏み込むと会社員である以上いろいろと問題が起こる可能性もあったため、今回はアレンジだけにとどまったのだが、制作会社のプロデューサーからは、次の機会にはぜひ演奏もと話をもらった。

佐野の復職時期も決定した。

編集が天職だと言い切る女史は、来月頭から現場に復帰する。

そして和音は、退職届を提出した。

ほとんど手付かずのまま残っている有給消化や特別休暇の適用期間があるから、実際の退職日は二カ月ほど先になるが、出社は来月半ばまで。

復帰する佐野に現場を引き継いで、身辺整理をして、それで、終わり。

在職していたのは、組織的に見ればほんの短い期間だ。社会人としては、まったく会社の役に立てないまま、自分は退職する。

もう一度、夢に向かって歩くために。

一度は諦めてしまったものを、この手に取り戻すために。


取材とあいさつも兼ねて足を運んだライヴ会場で、うしろから肩を叩かれた。

「蓮沼さん……」

「決めたんだって？」

「はい」

迷いも憂《うれ》いもない声で返した和音に、蓮沼は微笑を浮かべて、細い肩を再び叩いた。

「この業界にとっては損失だが……いや、才能が埋もれることなく正しい場所で開花するのだと考えれば、逆だな」

「そんな簡単には……」

慌てた和音に、

「当然だ。この業界、そんなに甘くない」

蓮沼は、敏腕編集長の顔でピシャリと言った。それに、和音は嬉しい気持ちにさせられる。

「努力は才能には敵わない。けれど、努力しなければ、どんな才能も花開くことはない。才能に溺《おぼ》れたら……すべてが終わる」

それが、長年この業界の第一線で戦いつづけてきた男の、持論。

成功の陰には、かならず目に見えない努力がある。運だけでトントン拍子に人生を歩んでいるかのように見える人間だとて、努力をしていないわけではない。努力を努力だと感じていないから、表に見えないだけのこと。

努力ではなく、当たり前のこと。

やりたいことを現実のものにするためには、当然のこと。

そうした価値観の上に積み重ねられる努力は、本人にとっては努力でもなんでもない。

けれど、それが本来あるべき姿なのだ。

「こんなにがんばってるのに、なぜ自分は報われないのか。そんな愚痴を吐いて潰れていったミュージシャンなど、吐いて棄てるほど見てきた」

運も実力のうち。それも事実。その運を引き寄せるのも才能だ。

けれどそれは、天性のものであれ努力の賜物であれ、第三者を納得させるだけの実力が伴ってこその話なのだ。

「夢を語ることは簡単だ。けれど、実現させなければ意味がない」

見るだけの夢なら、誰でも手にできる。

それを現実のものにすることが、大変なのだ。

それができなければ、夢は「夢」ではない。ただの「夢物語」だ。

「はい」

コックリと頷いてみせた和音に、蓮沼は満足げな顔でウインクして、背を向ける。

「今度、ゆっくり門出《かどで》を祝わせてくれ。アイツのいないときにね」

「ありがとうございます」

茶化した口調に小さく笑って、ペコリと頭を下げる。

蓮沼にも、社会人として責任ある立場で働くことの大変さやこの業界の厳しさなど、いろいろと教えられることが多かった。

「本当に……ありがとうございました」

今度は、深々と頭を下げる。

ホール内では、アンコールの呼び声。それに応えるためにメンバーがステージに戻ってきたのだろう、歓声が大きくなる。

ロビーに人が出てくる前に目的を果たすべく、出入り口に足を向ける。

今日は取材ではなく、あいさつに来たのだ。メーカーのアーティスト担当、事務所のスタッフ……ｅｔｃ．……ｅｔｃ．……。特に懇意にしていた相手には、ちゃんと顔を見てあいさつをしておきたかった。

別れを惜しんでくれる人もいる。

人の出入りの激しい業界のこと、「またか」という顔をする人もいる。

大手雑誌社の担当でなければ興味はないという態度が見え見えの人間もいれば、「次はどこへ？」と聞いてくれる人もいる。なかには、「決まってないならうちにこないか」と、半分本気半分社交辞令で口にする人も……。

いろいろな人と出会って、大学を出るまで狭い世界しか知らなかった和音にとっては、意味のある期間だった。本当に大切な、転機となった時期だった。


感傷に浸っている暇はない。

迷っている暇もない。

信じるものは自分自身。

他人を羨む余裕さえ、自分にはないのだ。

すでに一度、脱落者の烙印《らくいん》を押されているのだから。

「がんばれ」

自分自身に言い聞かせる。

その声は、自分の耳にも明るく弾んで聞こえた。

駅に向かって信号を渡ろうとしたとき、一台の車が目の前に滑り込んできた。見慣れた車体に和音は驚いて立ち止まり、「もうっ」とひとりごちる。

運転席から降り立ったのは、確認するまでもなく京介だ。

「ちょ……、こんな場所で降りちゃダメだって！」

区所有の公会堂やライヴハウス、大きな競技場などが隣接した場所だ。通りには、ライヴ帰りとひと目でわかる少女たちの姿。

「大丈夫だ」

言いながら、助手席のドアを開け、和音に乗るよう促す。いつもと変わらぬフェミニストぶりに、和音は慌てて車に乗り込むと、早く車内に戻るように京介を急かした。

京介がドアを閉めてやっと、ホッと息をつく。その隙をつくように口づけてきた男には、力いっぱい背中を叩くことで応えた。

「もうっ、早く車出してよっ」

真っ赤になって怒る和音に、京介はまったく懲《こ》りていない様子で飄々としている。その横顔が少し憎らしくて、和音は拗ねた口調で意地の悪いことを持ち出した。

「蓮沼さんがお祝いしてくれるって」

ピクッと眉を反応させた京介が、視線を寄越したことを確認して、言葉を継ぐ。

シングル・カットしないと言っていた曲をリリースしてしまったことへの、ちょっとした仕返しのつもりだったのに……。

「京介が地方に行ってる日にしましょうねって、約束してきちゃった」

途端、急ブレーキを踏まれた。

「わっ」

うしろの車がクラクションを鳴らして、罵声を浴びせかけながら通り過ぎるのに目もくれず、京介はその腕で力いっぱい抱き竦めてくる。

シートベルトをしたままの苦しい体勢で、慌ててその背を抱き返した和音が「嘘だよ」「冗談だから」と言うより早く、今度は荒々しく口づけられた。

幹線道路の交差点近く。歩道には、路行く人々の姿。車内という閉鎖空間ではあっても、他人の目がないわけではない場所。そんな状況でもたらされた本気の口づけに、和音はそっと瞼を閉じる。そして、先の嘘に対する詫びではなく、希望を口にした。

「このまま、連れて帰ってくれるんだよね？」

――ずっとこの腕を離さないでいてくれるんだよね？

「あぁ」

短く返される、深い声。

温かい、体温。

「こんなとこ止めたままじゃ、迷惑だよ」

諭す和音を宥めるように降ってきた触れるだけの口づけも、今度は咎めなかった。そのかわり、

「早く」と促す。

早く、温もりを分け合いたい。誰に邪魔されることなく。ゆっくりと。

愛情だけではなく、夢と未来を語り合える唯一の存在と。

エピローグ——some years after

「ここでいいよ」

練習スタジオとして使っているマンションの外まで送ってもらって、大通りに出る一歩前で、和音は隣を歩いていた男を振り仰いだ。和音の意図を汲み取った男は肩を竦めて、しようがないなと呆れた顔をする。

「迎えか？」

「うん」

「——ったく。幸せ垂れ流しな顔しやがって」

相変わらずの口の悪さだが、和音もいいかげん慣れた。

「なんとでも。そういう曽我部だって、なんか楽しそうだよ？」

「……俺が？」

「レコーディング直前なのに、全然余裕って顔してるし……うまく進んでるんだね」

「まぁな」

曽我部と約束していた二台ピアノコンサートが、ようやく実現しようとしている。曽我部も、国内外のリサイタルの合間にCDデビューを控えて忙しそうだ。

「あ」

交差点の赤信号で止まった車に目を留めて、和音が頬を緩める。その様子に曽我部はますます呆れた顔で嘆息して、さっさと背を向けてしまった。

「あいつによろしくな」

「顔くらい見せてくれたって……」

「話すことなんかないだろ？」

即答して、けれど「あぁ」と何か思いついた顔で足を止める。

「妙なかんぐりなら不要だと言っておけ」

「……毎日言ってるんだけど」

和音も、小さく肩を竦めてみせる。それに意味深に微笑んだ曽我部に、和音も突っ込みたいことは山ほどあったものの、もう少しあとでもいいかと思い直した。

信号が青に変わって、こちらに向かってハンドルを切った車に歩み寄ると、路肩に滑り込んできた車の内側から助手席のドアが開けられた。

「ありがとう」

「いや。順調か？」

ウインカーを出しながら、京介が尋ねてくる。どこか不機嫌そうな声は、今朝と変わらない。

「うん。曽我部がレコーディングに入っちゃうから、ちょっと中断しちゃうけどね」

「……」

「そーゆー顔してると、曽我部にも笑われるよ」

結局、何年経っても京介の束縛とヤキモチは変わることはなく、和音が曽我部と二台ピアノをやることに決まったと報告したときから、ずっとご機嫌ナナメなまま。

しようがないなと苦笑して、赤信号で止まった隙に、隣でステアリングを握る男の頰にチュッと口づける。男の眼差しが何を求めているのかわかって、今一度身を乗り出し、その首に腕をまわして、今度は唇に口づけた。

困った振りをしてみせる一方で、男のあからさまなヤキモチが心地好くてたまらない。

「でも、もうそんな心配する必要なくなると思う」

ふふっと笑った和音に、京介が怪訝な眼差しを向ける。

「あとでゆっくり話すから」

仕事もプライベートも、話したいこと報告したいことが日々山のようにある。

演奏は、まだまだリハビリ続行中だと自分では思っている。

京介が話を持ってきてくれたアレンジの仕事のほうが先に波に乗りはじめ、今ではアレンジャーとして多忙な毎日。録音の仕事は、かなりの数になった。演奏の仕事も、まだまだ数は多くないけれど、依頼を受けるようになってきている。

京介は、昨年もアーティスト別売り上げ枚数一位を獲得し、今年もその座は揺るぎそうもない。

充実した毎日。

その裏の努力と葛藤《かっとう》。

ときおり襲われる、足を掬《すく》われる不安感。

けれど、振り返っている暇はない。

今はまだ、走りつづけなければならない時期だ。


「プレイボタン、押してくれ」

カーオーディオの再生ボタンを押すよう、京介が促す。

「新曲？」

「デモだけどな。さっきできた」

流れ出したのは、やさしいメロディー。

「今度のドラマの主題歌だね」

京介が依頼されているドラマ音楽の仕事。主題歌と一緒にサントラも手がけることになっている。その第一話の脚本は、和音も見せてもらった。メロディーを聴いて、すぐにそのために書いた曲だと言い当てた和音に、京介が満足げに微笑む。

「なら、そうする」

「何？　それ？」

はじめからそのつもりだったくせに、まるで和音がそう言うから決めたかのような口調。けれど、あながち嘘でもない。

「京介らしい曲だね」

どうやらまだしばらく京介のご機嫌が完全に回復することはなさそうだと内心苦笑しながら、仕事の話を振る。

常に新しいサウンドを取り入れつつも、根底に流れる京介らしさ。やさしく響くメロディー。和音の心を拘えて離さない、京介の歌《こころ》。


しみわたる、愛の歌。

胸に響くのは、情熱のメロディー。

聞こえてくる、温かな音色。

温かな歌声。


「また、弾いてくれるか?」

「うん」

自分の音色を、自分という存在を、欲しいと言ってくれる言葉に素直に頷く。そうできるだけの数年間を、和音は着実に歩んできた。

「レッスン増やそうかな」

「いつもの和音の音でいいさ」

「それとこれとは別。理想の演奏に少しでも近づきたいし」

妥協を許さない、芸術家《プロ》としての表情《かお》。

それに京介も頷いて、首都高の流れにのるべくアクセルを踏み込む。

「どこ行くの？」

その問いかけに返されたのは、例のドラマの舞台となっている土地。

「見ておきたいんだ」

そう呟く男が浮かべるのもまた、甘えを許さないミュージシャンとしての表情で……和音は頷いて、視線をフロントガラスに向けた。


視線の先には、ずっと連《つら》なる光の道筋。

そのさらに向こうには、輝く星空。

耳に届くのは、静かなエンジン音とやさしいメロディー。

それがひとつのサウンドとなって車内に響くのを、和音は満たされた気持ちで聴いていた。

Over Again

『どうして？　俺のこと、嫌いになったの？』

震える声で必死に紡いだ問いに、返される言葉はなかった。

男は黙って紫煙を吐き出しながら、自分を見もしなかった。

ずるい男。

ずるくて卑怯《ひきょう》で、でも、自分にとっては、たったひとりの男だった。

――『サトルなら大丈夫』

そう言ってくれたから、歯を食いしばってがんばった。

がんばってがんばって……でもダメで、それでも男の言葉を信じていたあのころ。

終わりはアッサリやってきて、裏切られたことに気づいたときには、もうどうすることもできなかった。

恨んで恨んで、男を忘れようと方向性を変えたら、道が拓けてしまった。

なんて皮肉。

男の裏切りと傷ついたままの自身の心の上に、今の自分――俳優・椎名《しいな》サトルは立っている。

その自分を、男はどんな目で見ているのだろう。

どんな言葉で綴るのだろう。

知りたくなって、禁区に足を踏み込んだ。

そこは自分の居場所ではないと、もうずいぶん前に痛感させられた場所。

しかし、それがいかに自虐的な行動だったのかということに椎名が気づくのは、もう少しあとになってからのことだった。


人気俳優・椎名サトルのデビュー十周年記念アルバムの企画は、ずいぶん早いうちからマスコミにも取り上げられ、ワイドショーでデビュー当時の秘蔵映像が流されたりと、俄《にわ》かに巷の話題を攫っていた。

椎名サトルといえば、一般的には俳優と認識されている。

だが、デビューしたときは、シンガーソングライターだった。

高校を出たばかり。まだ十八歳の子どもだった。

作詞作曲はもちろん、ギターも独学。流行にのって、高校時代から路上で歌っていた。

オーディションを受けて、デビューが決まった。

右も左もわからない業界で、事務所のスタッフ以上に親身になって相談にのってくれた人がいた。

レコードメーカーのディレクター。

スタッフのなかでは一番歳も近くて――それでも片手以上年上だったけれど、兄のように慕った自分。

一晩中、椎名の愚痴に付き合ってくれた。

躓くたびに、勇気づけてくれた。

――『蓮沼《はすぬま》さん、聴いて聴いてっ』

新しい曲ができると、真っ先に聴いてもらった。

呼び方が変わるのに、それほど時間は要さなかった。

――『耀司《ようじ》さん……っ』

はじめてのとき、掠れた声で、ただひたすらその名を呼びつづけた。

幸せだった。

シンガーとしての現状は非常に厳しいものがあったけれど、それでも椎名は幸せだった。

この幸せが、ずっとつづくと信じて疑わなかった。

なのに……!


「お久しぶりです」

インタビューの席、編集長という肩書を背負ってその場に姿を現した男は、椎名の知る男とはずいぶんと違う雰囲気をまとっていた。

面影はある。

けれど、あの当時にはなかった、威厳と貫禄《かんろく》。そして大人の男の表情《かお》。

「え？　お知り合いなんですか？」

女性ライターが、驚いた顔を向ける。

マネジャーも当時とは違うし、蓮沼と自分の関係を知る者は、レコードメーカーの現場にもいない。当時のスタッフたちは、十年も経てばさすがにそこそこの役職に出世してしまっている。

「俺がデビューしたときの、担当ディレクターだったんですよ」

椎名の説明に、ライターが驚いた顔で背後の蓮沼を振り返る。

「えー？　編集長、メーカーにいらっしゃったんですか？」

まだ若いライターは、蓮沼の経歴を知らないらしい。一方、業界では腕のいいことで有名なベテランカメラマンのほうは、蓮沼とも親しい様子で、

「蓮沼さんの華麗な経歴は、業界じゃ有名だよ」

カメラのセッティングをしながら、話に加わってきた。

「いたといっても、ほんの数年だったけどね。そのあとすぐにフリーになったから」

カメラマンに促されて、蓮沼がやっと口を開く。

割り切った顔で淡々と「過去のこと」だと言い切るその口調に、椎名はわずかに眉間に皺を寄せた。

それに気づいた蓮沼が、チラリと視線を寄越す。

が、心を痛めているような素振りもなければ、それ以前に眉ひとつ反応させることもない。

完璧なポーカーフェイス。

それに、十年という歳月の長さを思い知る。

と同時に、自分がいかに過去に囚われたままなのかという事実を突きつけられて、椎名はひっそりと唇を嚙み締めた。


十周年記念アルバムを出さないかと持ちかけてきたのはメーカー側だった。

とうの昔に契約は切れていたものの、当時の音源の原盤権は事務所とメーカーが半々で持っているから、勝手に出すわけにもいかなかったらしい。

ベスト盤に、プラス新曲が数曲というありふれた企画。

はじめは、断ろうと思った。

もはや自分は、シンガーではない。

自分には才能などないのだと思いはじめていたところへ、決定的なダメージを食らって、歌えなくなった。俳優に転向する直前、最後に未発表の曲を書いてから、もうずいぶん長く音楽活動などしていない。

事務所は、方向転換して、万が一俳優で売れた場合は、再びシンガーとしての活動をさせるつもりがあったようだが、椎名は首を縦に振らなかった。自分が主演するドラマの主題歌を歌わないかと言われても、気がのらないと言って断りつづけた。

「なぜ…とお伺いしてもよろしいですか？」

女性ライターの質問に、ひょいっと肩を竦め、おどけた口調で返す。

「歌う気がなくなっちゃったんだよ。──あるときから」

「あら～？　なんだか意味深じゃありません？」

「そう？　じゃ、そんな感じに書いといて」

「……えーっと……本当のところは……？」

ニッコリと微笑んで、突っ込んで訊いてこようとするライターの質問をはぐらかす。

──あるときから。

その意味がわかるのは、この場にひとりしかいない。

「アルバムの最後に収録されている〝ＯＶＥＲ〟はとても切ない歌に仕上がっていますが、恋愛の歌詞はやはり実体験から？」

「さぁ？」

「はぐらかさないで教えてくださいよ」

「どうかな？　俺は俳優だからね」

恋なんて、いくらでも演じられる。

俳優になってからの椎名には。

けれど、アルバムに「新曲」として収録されている曲は、どれも最近書いたものではない。俳優に転向する直前に書いて、発表の場もなく手元で眠っていたものだ。

「〝OVER〟は、俺が最後に書いた曲だから」

「……最後？」

「十年近く前にね」

その意味を訊こうと口を開きかけたライターを、つくった微笑みひとつで黙らせて、背後に立つマネジャーにそれとなく時間を確認する。

「そろそろ、よろしいですか？」

インタビューを切り上げて撮影に移ってほしいと、マネジャーが編集者に声をかける。

慌ただしくカメラマンと撮影のセッティング確認をはじめたページ担当者に、チラリと視線を投げただけで、現場には煩く口を挟まないスタンスなのか、蓮沼は壁に背をあずけた恰好のまま動かない。

カメラのセッティングが整うまでにと、ヘアメイクとスタイリストがチェックに入ってくる。髪も顔も好き勝手に弄くられながら、椎名は、視界の隅に蓮沼の存在を映しつづけた。

過去のものだと思っていた感情が、あの日に凍りついたと思っていた激情が、溶けだすのを感じる。

――くそっ。

やはり、こんな仕事受けるのではなかった。

記念アルバムなんて、こんなくだらない企画、OKなどしなければよかった。

ほんの少しだけ……切なさとも懐かしさともつかない感情《想い》に囚われただけだったのに……。

引き出しの奥に見つけたDATに封印されていたはずの曲を、発表したい衝動に駆られたその理由《わけ》は……、

「マジかよ」

小さく、毒づく。

「サトルくん？」

呟きが聞こえたのか、スタイリストが首を傾げて顔を覗き込んできた。

「どうかした？」

「いや、なんでもないよ」

笑顔で返す、自分が忌々しい。

この十年間で身につけたものと言えば、無駄な処世術とつくった笑顔。

あの日の涙を封印するための……それは椎名が手に入れた、頑丈な鍵だった。


「今日担当してくれる編集さんは、音大卒で相当耳もいいらしいから、マニアックな音楽の話をしても大丈夫だから」

「へ…え、こんなアイドル誌みたいな音楽誌なのに？」

マネジャーに促されて、見本用にと渡された雑誌をめくる。アイドルから年季の入ったロックバンドまで。幅広いと言えば聞こえはいいが、言ってしまえばなんでもありな誌面づくり。プロモーション用のコメント程度でいいだろうと思っていた椎名は、「本当に？」という顔で視線を上げた。

記事はまったく読んでいないから、中身まではわからないけれど、パッと見の印象として、間違ってはいないはずだ。

「あの蓮沼さんのご推薦だから、大丈夫なんじゃないか？」

「……え？」

「『Ｖｉｓｕａｌ Ｄａｔｅ』にプロモーションに行ったときに、メーカーのプロモーターが紹介されたらしいよ。本当は、自分とこじゃ編集方針と多少ずれるから、『Ｊ－ｈｉｔｓ』にしたらどうだ？　って意味だったみたいだけど。でも結局、『Ｖｉｓｕａｌ Ｄａｔｅ』でも掲載してくれることになったしね」

「……そう……」

「なんでもその編集さん、蓮沼さんの大のお気に入りってことで、あの業界じゃ有名らしいよ」

「競合他誌なのにいいわけ？」

「さあ？　どうなんだろうねぇ」

嫌な感じがした。

蓮沼のお気に入りだという編集者をひと目見て、その理由を理解した。

華奢な体格。抜けるように白い肌。零れ落ちそうなほど大きな瞳を長い睫が彩り、非常に整った顔立ちだが、派手な印象はない。

物静かな口調、立ち居振る舞い。

とても評判になるような編集者には見えない。しかも、編集の仕事に就いてまだそれほど長くないと言うではないか。

ライターの言葉を補うように、言葉を挟んでくる。嫌味のないタイミングで、出すぎない程度に。

その控え目な態度が、椎名の苛々を増長させた。

理由《わけ》もなく、腹立たしさが腹の底で渦巻きはじめる。

気づけば、とんでもない言葉が口をついて出ていた。

――『あんた、俺のドラマ見たことあるの？』

驚いた顔。

それに、ふつふつと、ある種愉快な、けれど吐き気を催すほど不快な感情が湧き起こる。

――『耳のいい編集さんだって聞いてたから、俺、今日すっごく期待して来たんだけど』

――『……椎名さん？』

――『すっげー肩透かし食った気分』

全部嘘だった。

嫌味のないタイミングと鋭い視点、簡潔でありながら音楽のなんたるかを知る者のみが綴れる深い言葉の数々。

すべて、蓮沼の言葉どおりだった。

それが、悔しくて悔しくてたまらなかった。

場が凍りついて、今まで見たこともない椎名の刺々しすぎる態度に、長い付き合いのマネジャーまでもが言葉を失っていた。

それでも、いったん滑り出した言葉は止まらなかった。

――『いくら音楽に詳しくったって、俳優としての俺を知らない人にいい記事がつくれるわけないと思わない?』

強張った白い顔に、勝ち誇った高揚感ではなく、胸が締めつけられるような苦しさを覚えるのはなぜだろう。

――くそっ。

毒づく内心とは裏腹に、笑顔をつくってカメラの前に立つ。

数日後、自己嫌悪に陥っていた椎名の携帯が鳴ったのは、皮肉なことにも、このやりとりがきっかけだった。

呼び出されたのは、知らないマンション。

椎名の知る蓮沼は、まだペーペーのディレクターで、1Kの狭いアパートに住んでいた。だが促されるまま足を踏み入れた部屋は、十二分に男のステータスを感じさせる造りだ。

「あれからもう、十年近い時間が過ぎてる。その間に、私は結婚して離婚して、仕事なんて片手ほど変わったくらいだ」

転職のたびキャリアアップして、今の地位を手に入れた男の顔には、自信が溢れている。

「なんの用？」

取材で会ったときには、ビジネスモードの態度だった。

急にプライベート空間に呼び出された理由には、心当たりがありすぎる。

「言動には注意しなさい。──と、最初のころに口を酸っぱくして教えたはずだが？」

「そうだっけ？」

酷い言葉で、蓮沼のお気に入りだという杉浦《すぎうら》を罵倒《ばとう》した。その話が、どこからか伝わったらしい。

男が自分から連絡をつけてきた理由が、あの杉浦にかかわることだなんて……椎名の言動を諌めるには逆効果。苛々を増長させたにすぎない。

しかも、ややあってドアフォンが鳴って、この部屋を訪ねてきたのは……当の杉浦だった。

その顔を視界に捉えたくなくて、そっぽを向く。蓮沼に促された杉浦が向かいのソファに座るのが見えて、我慢できなくなって腰を上げた。

「椎名くん」

咎めるような声。

突き放した声色に、胸がきゅっと軋んだ音を立てた。

「帰る」

「話がある」

座りなさいと促されて、

「俺にはないね」

そっけなく返した。

しかし……。

「惺《さとる》！」

下の名前《本名》で呼ばれ、驚いて口を噤む。

取材のときも、この部屋に入ってからも、蓮沼はずっと椎名の苗字しか呼ばなかった。

ドクドクと、痛いほどに心臓が脈打ちはじめて、そんな自分の反応が哀しくなる。だから、ますます斜《しゃ》に構えた態度を取ってしまった。

「あんたがベタ褒めだからどんなものかと思ったら……」

ここまで嫌なやつになれてしまう自分が惨めで、泣きたくなる。なのに蓮沼は、まっすぐな眼差しできつい言葉を返してきた。

「私は、いつだって嘘を言ったことはない」

——……っ!?

「悪かったね、嫌な思いをさせてしまって。実はうちでも椎名くんの取材をしてね。そのときに、『Ｊ－ｈｉｔｓ』でも取材を受けることになってるってマネジャーから聞いたものだから、つい……」

自分で『Ｊ－ｈｉｔｓ』を紹介したくせに、杉浦に気を遣わせないためか、そんなふうに言う。

「素直じゃないだけで、悪いやつじゃないんだ。だから……」

おざなりなセリフに、カッと脳髄が焼きついた。

「いいかげんにしろよ!!」

ソファの端に置かれていたクッションを摑んで、淡々と言葉を紡ぐ男に投げつける。

「あんたはいつだってそうやって誰にでもやさしくて……っ」

「惺……」

「嘘ばっかりだ！　大人ぶってやさしい振りして！　口先だけじゃないか!!」

何が嘘は言わない、だ。

何もかも、そのやさしげな口から発せられた言葉は、すべて嘘だったくせに！

「十年も経ってりゃ何か変わってるかもしれないなんて……思った俺がバカだったよ!!」

だから、もう一度、歌ってみようと思ったのに。

あのとき封印した曲を、聴いてくれたらいいと……。

「惺……！」

瞼の奥が熱くなるのを感じて、ぐっと奥歯を嚙み締める。その場に背を向けようとして、

「椎名さん！　待って――……」

　呼び止める、必死な声と、

「杉浦くん、いいんだ！」

　口調を強めながらも、落ち着き払った声。

「椎名さん、俺は……」

　何か言いかけた杉浦を、

「杉浦くん！」

　蓮沼が止める。

「いいんです、俺は……」

　ふたりのやりとりを聞きながら、自分はなぜこの場にいるのだろうかと哀しくなった。

　ふたりには意思の疎通ができている。でも自分には、蓮沼の気持ちがわからない。

「椎名さん、聞いてっ」

「離せよっ、お邪魔虫は消えるって言ってんだよっ」

　これ以上惨めにさせないでほしい。

　思い出まで踏み躙られたら……もう……っ。

「椎名さん、違います！　蓮沼さんにはお世話になってるけど……」

　一瞬言い淀んだ杉浦だったが、次に衝撃的な言葉を紡いだ。

「俺…は、愷京介《かいきょうすけ》と付き合ってるんです……っ！」

「……っ!?」

意図せず、摑まれた腕を振り払おうとしていた動きが止まる。

――な…に……?

啞然と、少し下にある小ぶりな顔を見つめてしまった。

「だから……っ、そ…の……」

愷京介なら、当然知っている。知らないほうがおかしい。今の日本のミュージックシーンは、彼抜きに語れないのだから。

その愷と、自分は付き合っているのだと、杉浦は言ったのだ。だから、蓮沼と自分は、椎名が勘ぐっているような深い関係ではないのだと、そう訴えているのだ。

ミュージシャンと一編集者の恋。それだけでも騒がれる要素は充分なのに、あろうことか男同士だ。杉浦がどんなに少女めいた可愛らしい容貌をしていたからといって、男であることにかわりはない。

「バカじゃねぇの?」

思わず呟いていた。

本当にバカだと思った。

なんてお人好し。

散々自分を罵った相手のために、とんでもないカミングアウトをやらかすなんて。

「うまくいくわけないだろ」

だから、言ってやった。

早く気づいたほうが、彼のためだと思ったから。

「どうせつづきゃしねぇよっ。少しずつ気づかないところから歪みが生まれて、あっという間に手遅れさっ」

十年前、自分がそうだったように。

ハンディだったのは、性別だけではない。仕事上の立場も何もかも。

そして、信じていた自分は裏切られたのだ。

「どうして？」

大きな瞳を揺らめかせ、杉浦が呟く。

「……なに？」

「どうしてそんな……自分の気持ちを否定してしまうんですか？　ずっと大事に抱えていたんじゃないんですか⁉　なのに……！」

ズキッと、胸が軋んだ。

純真さゆえに、紡がれる言葉には容赦がない。

言い逃れできないほどまっすぐに、椎名の胸を射抜いてくる。

「黙れよ‼」

いたたまれなくて、怒鳴る。

彼のように純粋に抱えた想いと向き合えていたら、自分は……自分たちは変われていたのだろうか。あの当時。

――まさか。

自分がどうあれ、蓮沼はわからない。

ふたりの関係を裏切りという結末で終焉《しゅうえん》に導いたのは、蓮沼だったのだから。椎名は、一度だって終わりなど望んだことはなかったのだ。

愷京介のウリは、情熱的なラヴソングだ。赤面してしまうほどに熱い歌詞《ことば》を、彼は切々と歌い上げる。それはきっと、愛しい恋人のため。杉浦を見ているだけで、それがわかった。

それほどに、彼は愛されている。

自分とは、全然違う！

「おまえに何がわかる？　あんなに愛されてるおまえに――……っ」

耐え切れなくなって、部屋を飛び出す。

呼び止める声は、杉浦のものだけ。

「追いかけて！　どうして……っ」

背後から、蓮沼に訴える杉浦の声が届いて、けれど蓮沼がそれになんと返したのかまでは、確認することはできなかった。

ただひとつわかっているのは、蓮沼は追いかけてこなかったということ。

わかりきっていたはずの結末に、しかし今度は溢れる涙をこらえることができなかった。

ドラマ撮影の待ち時間。

席を外していたマネジャーが戻ってきて、椎名の前に一冊の雑誌を置いた。

表紙には『Ｖｉｓｕａｌ　Ｄａｔｅ』のロゴ。

「見本誌が届いてたよ。さすがにいい記事に仕上がってるね」

原稿や写真のチェックは事務所がしているから、椎名はインタビュー記事をはじめて見る。

本来は椎名のようなタイプのシンガーが載る雑誌ではないから、表紙は別のアーティストだ。

椎名の扱いは、巻末大特集。

先日のことがあったから、ページをめくるのに躊躇いがある。

どうしようかと雑誌を睨みつけていると、マネジャーの手が伸びてきて、該当ページを開いてしまった。

「えーっとね、あったあった」

掲載された写真に、目を奪われる。

そこに印刷された自分の顔は、この十年近くの間に見慣れた、俳優・椎名サトルではなかった。

「なんていうか、ちゃんとシンガーの顔してるね。誌面のつくりのせいかもしれないけど。いい顔で写ってる」

マネジャーの言葉に、思わず素直に頷いてしまう。

なんだか呆然としてしまって、記事本文を読むことができず、ただ写真だけを確認するようにページをめくった。

そして、最後のページ下段に、コラムを見つける。

文責は、「編集長」。

——……っ⁉

「そうそう、そのコラムがまたいいんだよー。蓮沼さん、取材中あまり話に加わってこなかったから、もしかして印象悪いのかな~って心配だったんだけど、いいこと書いてくれてるよ」

マネジャーの弾んだ声に、

「元ディレクターの欲目じゃないの？」

可愛くない言葉で返してしまう。

冗談めかして言うつもりだったのに、頬が強張って笑顔にならない。

「サトル？　……っ」

ポタポタと、誌面に雫が零れた。

「ごめ……っ、なんでも、な…い……っ」

マネジャーに心配をかけまいと、無理やり笑おうとして、頭からパサリとタオルがかけられる。

「……っ」

撮影待ちなのだから、目を腫《は》らしていいわけがないのに、何も言われない。その気遣いがありがたくて、ありがとうと言おうとして……でもすぐに言葉など紡げる状態ではなくなってしまった。

「今日はずいぶん待ち時間が長いな」

控え室に用意されたポットでコーヒーを淹れながら、マネジャーがいつもの調子で呟く。

今度杉浦に会う機会があったら、ちゃんと謝まろう。

今は素直にそう思えた。


靴音が聞こえて、ややあってそれがやむ。

立ち止まった存在が、自分が待っていた人物であることを確認して、椎名は顔を隠していたサングラスを取った。

「待ちくたびれたよ」

「惺……」

「部屋、上げてくれる?」

言うと、さすがに廊下で立ち話というわけにはいかないと思ったのか、男は玄関の鍵を開け、椎名を先に上がらせる。先日と同じリビングに通されて、ソファに腰かけるでもなく、椎名は男を振り返った。

「『現実と非現実の区別もつかないほどその世界に入り込めてしまう』って、全然褒《ほ》め言葉じゃないと思うけど？」

男が書いたコラムに書かれていた一文を引用して、茶化した口調で突っ込む。それに男も、いつもどおり飄々とした口調で返してきた。

「感受性が強いってことだよ。表現力とイコールじゃないだけだ」

「やっぱり褒めてない」

短いコラムだった。

そこから、椎名は蓮沼の想いを汲み取った。

甘ったるいものではない。けれど、俳優としての椎名も、シンガーソングライターとしての椎名も、椎名のすべてをわかっている男だからこそ書ける文章が、そこには綴られていたのだ。

愛情じゃなくてもいいと思った。

昔と同じでなくても、それでも椎名はもう一度蓮沼を愛したいと思った。たとえそれが一方通行の感情であっても、今の自分ならきっと耐えられる。

数歩分の距離を置いてリビングのドア付近に佇んだままの男に、歩み寄る。

体温を感じるほどの距離。

背伸びをしなければ届かないのは、あのころと同じだ。

「もう、俺じゃ勃たない？」

腰を擦り寄せて、掠れた声で誘う。

渇いた唇に直接。

肩にそっと添えられただけの手は、動かない。

「スレちゃったな。昔はあんなに可愛いかったのに」

「もう、十代のガキじゃない」

だから、自分で判断できる。いいことも悪いことも。プラスもマイナスも。

「俺のために身を引いたんだって、言ってよ」

「惺？」

嘘でもいいから。

いや、嘘でいいから。

そしたら、自ら進んで騙される。それでもいいと思えるほどに、自分も大人になったから。

「将来の心配してもらわなきゃなんないほど、今の俺はヤワじゃない」

すると男は溜息をついて、「そうだな」と呟いた。

「耀司さん」

見つめ合って、男の瞳の奥で何かが煌いた――と思った次の瞬間、息苦しいほどに抱き締められる。

そっと肩に添えられていただけだった手が、力強く椎名の背を抱き、欲情のカケラも感じさせないほどに渇いていた唇が、椎名のそれに重ねられ、濡れた音を立てた。

「あ……っ、ん、耀司…さ……っ」

口づけにも、肌を重ねるのにも、理由なんかいらない。

理由《こころ》などなくても、欲望だけで充分だ。

今なら、割り切ることができる。割り切れると、約束するから……この腕を離さないでほしい。

そう言おうと思ったのに、

「前言撤回する」

「……え？」

「一度だけ嘘をついた」

「耀司…さん？」

「一度だけ……怖くなって、逃げ出すために、恋人を裏切った振りをしたことがある。だが、後悔はしていない。謝るつもりもない」

少しだけ……ほんの少しだけ、男の瞳がつらそうに眇められる。

その表情だけで、もう充分だった。

「恋人も、怒ってないと思うよ」

「だといいが」

「ひとつだけ、訊いていい？」

「あぁ」

「その人のこと、どれくらい好きだった？」

言葉は、すぐには返されなかった。

平静を装っていたつもりだったけれど、自分は縋るような眼差しをしていたのかもしれない。

ややあって、男の口許が笑みをかたどる。

「それが原因で離婚するくらいには、愛してたかな」

「……っ」

背にまわされていた大きな手が、そっと頰を撫でる。

溢れ出した雫を拭って、指先ではどうにもならなくなると、今度は唇が落とされた。眦に触れるだけのそれに、身体が震え出す。

「あんた、サイテーな男だな」

泣き笑いの声で言うと、

「自覚はあるつもりだ」

飄々と返される。

「つける薬ないな」

さらに言うと、零れた涙に濡れた唇を、男のそれに塞がれた。

昔と変わらない宥め方。

やさしいキスと、温かい腕。

もう一度。

嘘でも本当でも。

欲でも愛でも。

ふたりの十年を埋めたものがなんだったのかなんて、どうでもいい。

新しい曲が書けるかもしれない。
もう一度、歌えるかもしれない。
そのとき椎名の脳裏に、ふっと新たなメロディーが、流れた。

あとがき

こんにちは、妃川螢《ひめかわほたる》です。

創刊第一弾として発刊していただいた『LOVE MELODY』の続編を、やっとお届けすることができました。続編ではありますが、こちらから先に読んでいただいても大丈夫（……たぶん・汗）。でも、気になる方はぜひ既刊もチェックしてみてくださいね。

前回は、ほぼ一冊丸々オンライン掲載作からの焼き直しでしたが、今回はほぼ書き下ろしになっています。「ほぼ」というのは、一部HP既掲載の原稿を流用している部分があるから（笑）。気に入っていた原稿だったので、どうしても使いたくて使ってしまいました。

前作が和音の成長物語だとしたら、今作は旅立ちの物語です。そして、京介の成長物語でもあります。

寡黙でカッコイイだけの男なんて物足りないですよね？　ちょっと弱いところを見せてくれたり、甘えてくれたりすると、年上（…実は。↑筆者も忘れがちなこの事実・笑）の和音的には、嬉しかったりすると思うのです。

意味深なまま放置プレイと化していた蓮沼さんの過去も、構想○年（?）、やっと世に出すことができて感動ひとしおです。サトルのキャラ設定なんて、何年前につくったものなのか……昔すぎて記憶にもありません（笑）。蓮沼さんのファーストネームにいたっては、古い資料を引っ張り出してくるまで、すっかり忘れ去っておりました(…おいおい)。

タイトルの『NOTE』というのは、当然のことながらいわゆる手帳という意味のノートではありません。音楽用語としては「音符」という意味で使われることが多いと思います。

でも作品的には「旋律」という意味で捉えていただけるといいかも。ほかにも「楽譜」「ピアノの鍵」といった意味もあるんですよ。

私は全然考えていなかったのですが、プロットを出したとき、担当様から「香水の薫りを表現するときの『ノート』かと思いました」と言われ、なんだか雰囲気があっていいなぁと思い、タイトルに込めた意味に加えてしまうことにしました。私は匂いものが苦手なので、香水をつけることはほとんどないのですが、たしかトップノートとかラストノートとか、言いますよね。

イラストを担当していただきました、あさとえいり先生、前作にひきつづき本当にありがとうございました。

今回は、前作で見られなくて残念だった鈴音ちゃんもKAORUも見られて幸せです。のっけから京介のマイクを持つ手がなんだかヤらしくて(笑)、担当様と大盛り上がりしてしまいました。

大変お忙しいところお引き受けくださいまして、感謝の言葉もございません。もしご迷惑でなかったら、またのご縁に期待させていただけると嬉しいです……(笑)。

感想など、お気軽にお聞かせください。皆様のお声だけが執筆の原動力です。本当に。たぶん皆様が想像される以上に、お送りいただくお手紙やメールに励まされ、パワーをもらっています。

編集部経由でお送りいただくお手紙には、年に数度まとめてになってしまいますが、情報告知を兼ねたグリーティングカードをお返しさせていただいていますので、ネット環境のない方は情報ペーパー代わりにこちらもご利用ください。

ＨＰでは、発刊時期に合わせて企画などもご用意しておりますので、閲覧環境のある方はぜひ遊びに来てください。情報等も、可能な限り早くマメに告知させていただいています。

→ http://himekawa.sakura.ne.jp/f/f.cgi（パソコン・携帯共に対応）

さて、次はすぐです。来月です。

今度はガラッと雰囲気を変えて、不器用で初心な大人の恋物語です。意地っ張りで生真面目なインテリ受けです。和み系ワンコ（↑［攻］のことじゃありません。本物のワンコです・笑）も登場します。ぜひお楽しみに。

それでは、また来月もお会いできることを祈って。

二〇〇五年六月末日　妃川　螢

同時発売

アルルノベルス
好評発売中！

arles NOVELS

シリアスな白日夢

——おまえの
美しい姿を見せてくれ

伊郷ルウ
Ruh Igoh

ILLUSTRATION
祭河ななを
Nanao Saikawa

空間デザイナーの卵である直哉の前に、クライアントとして現れたファッションデザイナーの三ツ城。直哉は過去に１年だけ、彼とつき合っていたことがある。なかば棄てられるように別れを告げられ傷ついた直哉は冷静に彼と接しようとするが、もう一度やり直そうと言われてしまう！　傲慢な三ツ城の魅力に惹かれていた直哉は抗えず……。

この恋にきめた！

悪い子ですね、
お仕置きが必要です

宮川ゆうこ
Yuuko Miyagawa

ILLUSTRATION
甲田イリヤ
Illya Coda

フォトグラファーを目指す大学生の久谷汀は、捜査管理官・鷲高真幸との内緒の恋を育んでいた。だが、汀はバイト帰りに真幸に強引にキスをされているところをバイト仲間の佐々木に見られてしまう。スキミング事件を追う真幸は佐々木の同性の恋人で、ブティック経営者・真北があるスキミング事件に絡んでいることを突きとめるが……!?

偽装愛人

散々俺を煽ったのは
おまえだろうが

水月真兎
Mato Miduki

ILLUSTRATION
桜　遼
Ryo Sakura

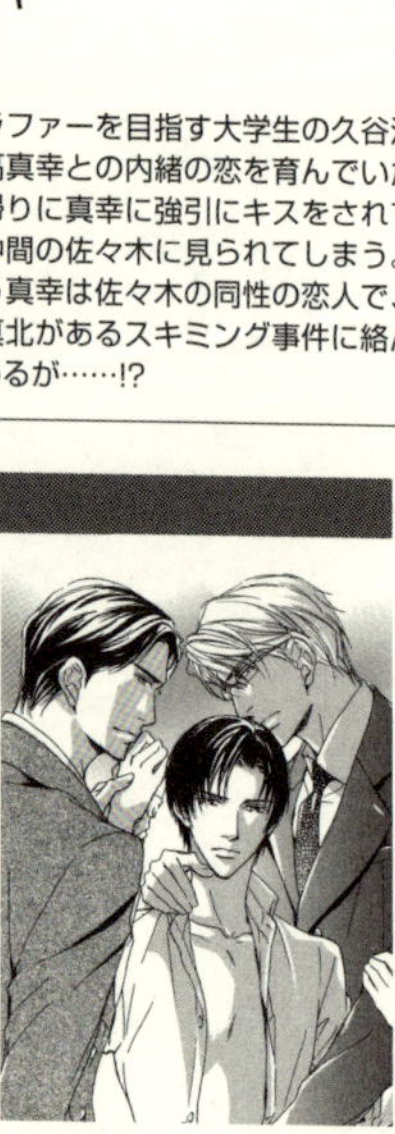

天才俳優ともてはやされた烏丸四音は、自動車事故を起こし重体のまま失踪する。その五年後、四音は突然、大学講師・曽根崎の元に転がりがり込んでくる。四音は怪しげな愛人代行屋『オフィスGIGA』をはじめるが……。そんな四音は曽根崎に、「おまえへの想いを抑えきれない」と十年近くの想いを、濃密に絡みつく愛撫で翻弄していく……!!

定価：857円＋税

近刊案内

アルルノベルス
8月下旬発売予定
arles NOVELS

愛は手負いのケダモノ

——相変わらず感度がいいな

妃川　螢
Hotaru Himekawa

ILLUSTRATION
青海信濃
Sinano Oumi

「相変わらず感度がいいな」大学講師・桐島の前に現れたのは、かつての同級生でライバル・周嘉谷。人間関係が希薄な桐島と逆にリーダー的存在だった周嘉谷は、卒業式の夜、屈辱的な想い出を残して姿を消していた。なのに再会に戸惑う桐島を強引に抱き寄せ、意味深な笑みのまま餓えを満たすように白い肌を貪ってきて……!?

Bitter・Sweet —白衣の禁令—

愛する以外は、許されない。

日向唯稀
Yuki Hyuga

ILLUSTRATION
水貴はすの
Hasuno Mizuki

当たり前だと思っていた友情が、ある日を境に特別なものになる…。努力家で優麗なる若社長・白石は、突然の余命宣告を受けたことから二十年来の親友であり天才外科医・黒河への深愛に気づいた。せめて１度だけと心に決めて身を委ねるが、それは至福な一夜と引き換えに狂おしいほどの“生への欲求”を生み、残酷なほど自身を苦しめて…。

甘い恋の駆け引き

まかせろ——テクニックには自信がある。

真崎ひかる
Hikaru Masaki

ILLUSTRATION
甲田イリヤ
Illya Coda

一流企業の設計士・千郷は、深夜のバーで、新藤と名乗る男に出会い、ホテルで抱かれてしまう。数日後、会社の新規プロジェクトでやってきたチーフは、一夜限りの相手のはずの新藤だった。繰り返されるのはセクハラまがいの行為。からかいだと思いたいが、千郷の体が反応していく。新藤の真意が判らないまま千郷の気持ちはかき乱されて…？

ふしだらな凶賊たち

このキスが、宣戦布告。

かのえなぎさ
Nagisa Kanoe

ILLUSTRATION
櫻井しゅしゅしゅ
Shushushu Sakurai

俊成の飼い犬となっている京一は、俊成を狙う鉄砲玉・望と知り合う。京一の主人である俊成は、京一の体だけでなく、心も奪おうとする。しかし、共通の敵を持つ望と京一は俊成への復讐計画を立て、その誓いとしてキスを交わす。そして、熱く、甘いキスはお互いを蕩かせ、二人の距離は徐々に縮まり、惹かれ合っていくが…!?

定価：857円＋税

既刊案内

アルルノベルス
好評発売中！
arles NOVELS

おまえの音だけが　俺にとっての真実だから

LOVE MELODY

妃川　螢
Hotaru Himekawa

ILLUSTRATION
あさとえいり
Eiri Asato

ピアニストの道を閉ざされ、音楽誌の編集者として働く和音の前に現れたのは、寡黙なミュージシャン京介だった。彼の紡ぎ出す音に一瞬で心を奪われた和音だが、ある日突然京介に組み敷かれてしまう。強引だけど、触れてくる彼の手は何故か甘く優しかった。彼に惹かれはじめていることに戸惑う和音。しかし、彼の隣には綺麗な青年がいて…。

定価：857円＋税

既刊案内

アルルノベルス
好評発売中！
arles NOVELS

本当の愛を、おまえに教えてやる。

愛には愛で

妃川　螢
Hotaru Himekawa

ILLUSTRATION
しおべり由生
Yoshiki Shioberi

天涯孤独で感情表現を忘れた美麗な青年・涓の前に、ある日弁護士の正彌が現れる。残された遺産の相続を冷ややかに拒否し、祖父の存在をも否定した涓は、突如態度を豹変させた正彌に組み伏せられてしまう。執拗な正彌の愛撫に身体は震え、初めて知る強烈な快感に戸惑う涓。そして、忘れていた感情を取り戻させようとする正彌に涓は—!?

定価：857円＋税

ARLES NOVELSをお買い上げいただきましてありがとうございます。
この本を読んだご意見、ご感想をお寄せ下さい。

〒111-0053
東京都台東区浅草橋1-13-3
㈱ワンツーマガジン社　ARLES NOVELS 編集部
「妃川　螢先生」係／「あさとえいり先生」係

LOVE NOTE

2005年8月1日　初版発行

◆著　者◆
妃川　螢
©Hotaru Himekawa 2005
◆発行人◆
齋藤　泉

◆発行元◆
株式会社 ワンツーマガジン社
〒111-0053
東京都台東区浅草橋 1-13-3

◆Tel◆
03-5825-1212

◆Fax◆
03-5825-1213

◆郵便振替◆
00110-1-572771

◆HP◆
http://www.arlesnovels.com

◆印刷所◆
中央精版印刷株式会社

乱丁本・落丁本はお取り替えいたします。

ISBN4-903012-03-4 C0293
Printed in JAPAN